Heinrich Veh

Im Bann der Weißen Frau

Kriminalroman aus Franken

Impressum

Die Deutsche Nationalbibliothek
Bibliografische Information der Deutschen Nationalbibliothek
Die Deutsche Nationalbibliothek verzeichnet diese Publikation
in der Deutschen Nationalbibliografie; detaillierte bibliografische Daten
sind im Internet über http://dnb.d-nb.de abrufbar.

Veh, Heinrich:
Im Bann der Weißen Frau

Foto/Umschlag: Martin Kreußel
Umschlaggestaltung: Storch Design, Lauf
Druck und Bindearbeiten: Scandinavianbooks

ISBN 978-3-942251-20-4

Gewidmet all jenen, die sich für unsere Sicherheit und den Bestand unserer Demokratie oft unter Einsatz von Leib und Leben einsetzen.

Donnerstag

Der Winter hatte die Stadt bereits Mitte November fest in seinem harten Griff. Nachts unterschritten die Temperaturen die Minus-fünfzehn-Grad-Marke und stiegen auch am Tag kaum über zehn Grad unter Null. Die Autofahrer kämpften sich durch Schneewehen und schlitterten über Eisplatten. Im Bahnverkehr waren Verspätungen das Einzige, worauf sich die Reisenden noch verlassen konnten. Selbst die Kinder, die anfangs begeistert von dem Wintereinbruch mit Schlitten, Skiern und Schlittschuhen ihrem Vergnügen nachgegangen waren, hielten es nicht mehr lange draußen aus und kehrten schnell wieder halb erfroren nach Hause zurück. Ständig fiel Schnee vom wolkenverhangenen Himmel.

Ein eisiger Wind aus polaren Breiten fegte die feinen weißen Kristalle durch die Straßen und häufte sie in den Nischen zwischen den Häusern und an allen möglichen Hindernissen zu kleinen oder größeren Wechten auf. Kein Wunder, dass die Fußgänger gebückt und vermummt durch die Straßen eilten und versuchten, so schnell wie möglich ins Warme zu kommen.

Hätte man sich jedoch ein wenig Zeit genommen und wäre auf dem Platz vor der Ansbacher Residenz etwas verweilt, dann wäre man zu dieser Tageszeit vielleicht von der zauberhaften Stimmung erfasst worden, in der die Szene vor dem eindrucksvollen Gebäude gebannt war.

In dieser Stunde hatte der Verkehr, ganz untypisch für diese Tageszeit, abgenommen. Die wenigen Fahrzeuge fuhren langsam über die glatten, verschneiten Straßen. Der wirbelnde Schnee unterdrückte alle Laute, zeichnete die Konturen weich und ließ das ganze Bild durch seinen Schleier leicht verschwommen erscheinen.

Fast unwirklich, gleich einer Kulisse aus einem romantischen Wintermärchen, erhob sich das alte Markgrafenschloss gegenüber dem großen Platz.

Jetzt, kurz vor fünfzehn Uhr, legte sich bereits die Dämmerung über das riesige Gebäude. Längst leuchteten in all den Büros der Bezirksregierung und in den Prunkräumen des Schlosses die Lichter.

Zwei Personen hielten sich in einer großen Halle im Erdgeschoss der Residenz auf, Leon Kühnhackl und Jutta Brendel. Beide waren von der Bayerischen Schlösser- und Seenverwaltung als Schlossführer angestellt und waren gerade eifrig dabei, ihre Tagesarbeit abzuschließen. Obwohl der Tag für sie ausgesprochen ruhig verlaufen war, hatten sie noch einiges zu tun, bevor sie die Tür des Empfangsbereiches hinter sich abschließen konnten.

Jutta Brendel war mit dem Zählen der Tageseinnahmen beschäftigt und Leon Kühnhackl widmete sich der Statistik. Das heißt, er war eigentlich nur halb bei der Sache, denn immer wieder warf er einen Blick zu Jutta hin, die das leider gar nicht zu bemerken schien. Er betrachtete sie von der Seite und spürte, wie ihm sein Blut in die Wangen und anderswo hineinschoss.

Leon war in Jutta richtig verknallt. Es war für ihn Liebe auf den ersten Blick gewesen, als sie ihm nach seiner Einstellung im Schloss vor wenigen Monaten zum ersten Mal als seine Kollegin vorgestellt worden war. Sofort hatte er Feuer gefangen. An dieser Frau stimmte einfach alles. Sie war sein Typ vom Kopf bis zu den Füßen. Jutta hatte, so fand er, nicht nur vollendete Proportionen; diese Frau hatte Charme und Eleganz. Er war in ihre Stimme, in ihre Augen, in ihren Mund – ach, einfach in alles an ihr hoffnungslos verliebt!

Die Sache hatte nur einen Haken. Jutta war schon seit

längerer Zeit mit Karl Gerstner, einem Hausmeister der Residenz, liiert.

Leon war sich von Anfang an bewusst, dass dieses Hindernis zu überwinden war, um zum Herzen dieser begehrenswerten Frau zu gelangen. Er hatte in den Tagen seines Hierseins wirklich alles darangesetzt, um dieses Ziel zu erreichen. Immerhin hatte er Jutta so weit gebracht, dass sie sich von ihm in einem schwachen Moment, ohne sich zu wehren, hatte umarmen und küssen lassen, ein berauschender Moment für ihn! Zwar hatte sie ihn anschließend gemahnt, dass dieser Kuss nur ein Ausrutscher, quasi ein Versehen, war, der ihnen nicht mehr passieren durfte, weil doch der Karl ihr Freund sei. Sie nahm ihm auch das Versprechen ab, niemandem davon zu erzählen. Leon gab es und hatte gleichzeitig den bestimmten Eindruck, dass Jutta nicht abgeneigt war, dem freudigen Ereignis weitere folgen zu lassen.

Heute war so ein Tag gewesen, an dem sie ihm bei jeder Gelegenheit ein gewisses Lächeln geschenkt hatte. Auch als er, wie unabsichtlich, ein paar Mal mit seiner Hand ihren Körper berührt hatte, war sie nicht davor zurückgezuckt. Im Gegenteil, sie schien die Berührung richtig zu genießen. Ja, es schien Leon so, als hätte sie jedes Mal fast zu schnurren angefangen wie ein verwöhntes Kätzchen. Ihre Blicke waren dabei jedenfalls eindeutig.

Das absolute Highlight bestand jedoch heute in ihrer Frage, ob er an diesem Abend schon etwas vorhabe. Sie wolle ihn gerne einmal zu sich einladen. Karl habe wieder einmal seinen Schafkopfabend mit Freunden. Er würde dann immer in seiner eigenen Wohnung übernachten.

Leon war es daraufhin ganz heiß geworden. Er versuchte zwar, den Coolen zu mimen, aber seine Stimme hörte sich bestimmt etwas kratzig an, als er sagte: „Ich habe heute Abend gerade nichts vor. Soll ich etwas mitbringen; etwas zu essen vielleicht, oder Sekt?"

„Nein, ich habe alles zu Hause. Komm bitte um achtzehn Uhr. Du weißt ja, wo ich wohne", antwortete sie ihm lächelnd, „ich will nur dich!" Dann hatte sie sich umgedreht und ihn mit all seiner Vorfreude und aufkommenden Unsicherheit stehen gelassen.

Jetzt standen sie hinter der Empfangstheke und taten sehr beschäftigt. Leons Gedanken vollführten tollkühne Sprünge. Gleichzeitig mahnte eine Stimme in ihm, sich nicht ganz von seinen Trieben beherrschen zu lassen. Ja, natürlich. Mit Feingefühl und Diplomatie würde er vorgehen. Aber wenn sie es lieber stürmisch hätte? Er überlegte heftig, wie er das herausfinden könnte, und fiel dabei von einer Ratlosigkeit in die andere.

Während er noch an diesem Problem herumdachte, ging plötzlich im ganzen Haus das Licht aus. Es war natürlich nicht gleich stockdunkel, aber die Dämmerung draußen bewirkte immerhin, dass jetzt an eine Schreibtischarbeit nicht mehr zu denken war.

Gleich fing das Handy des Dienst habenden Hausmeisters an zu läuten. Karl Gerstner wusste natürlich sofort, was zu tun war. Während er die Treppe vom zweiten Stock ins Erdgeschoss hinabeilte, meldete sich sein Mobiltelefon in kurzen Abständen. Immer drückte er den Empfangsknopf und schnaufte ins Mikrofon: „Bin schon unterwegs!"

Gerstner war schnell bei dem Elektro-Verteilerkasten im Keller. Dort angekommen, stellte er fest, dass alle Sicherungen ausgelöst waren. „Auf einem der Stockwerke muss es einen Kurzschluss gegeben haben; mal sehen, wo das war", murmelte er vor sich hin. Dann probierte er die Leitungen durch. Schon im ersten Stock wurde er fündig und stellte fest: „Da haben wir einen Kurzschluss in den früheren Wohnräumen der Markgrafen!" Nun war ihm klar, was zu tun war. Zunächst aktivierte er die Leitungen der anderen Stockwerke. „In den Büros haben sie nun wieder Strom", brummte er, „jetzt nichts wie hoch in den ersten Stock und nachsehen, was da los ist. Nicht dass noch Feuer ausbricht! Der Kühnhackl muss mir helfen. Allein schaffe ich das nicht."

Auf seinem Weg vom Keller in das Erdgeschoss schlug er einen Haken und ging in den Empfangsraum der Schlossführer. Die beiden hatten inzwischen Taschenlampen hervorgeholt und versucht, mit deren Hilfe ihre Arbeiten zu vervollständigen. Nachdem die Lichter wieder angegangen waren, hatten sie die Lampen weggeräumt und beeilten sich nun, ihre Tätigkeiten endlich abzuschließen.

„Hol deine Taschenlampe heraus, Kühnhackl, und gib mir auch eine. Wir müssen zusammen im ersten Stock nachsehen, ob es da einen Kurzschluss gegeben hat; der hat nämlich die ganze Elektrik im Haus lahmgelegt. Habt ihr da vielleicht wieder irgendwo herumgemacht? Ich sag doch immer wieder, Finger weg vom Elektrischen!"

Beide schüttelten energisch den Kopf: „Also Karl, was du wieder denkst. Was geht uns deine Elektrik an. Wir führen Leute durch die Räume und sonst lassen wir alles so, wie es ist." Jutta war richtig ärgerlich: „Du brauchst wohl Sündenböcke?"

„Ach wo! Mir geht es bloß darum, dass kein Brand in diesen Räumen ausbricht. Stell dir vor, was das für eine Katastrophe wäre! Allein schaffe ich das nicht. Ich brauch dich, Leon, komm mit!"

Leon knurrte unwillig: „Mensch, ich bin doch kein Elektriker!"

„Jetzt komm und zier dich nicht. Du brauchst mich auch wieder einmal. Eine Hand wäscht die andere und Jutta kann inzwischen hier alles in Ordnung bringen. Es ist doch sowieso gleich Feierabend. Jetzt kommt bestimmt niemand mehr."

„Na gut, ich komme", seufzte Leon und kramte wieder eine Taschenlampe hervor. Dann lief er, noch einmal demonstrativ aufseufzend, hinter Gerstner her, als der sich zur Tür wandte.

Der Hinweis „Du brauchst mich auch wieder" hatte bei ihm gefruchtet. Ohne die Hilfe des Hausmeisters waren hier alle aufgeschmissen. Beim Hinausgehen wandte er sich schnell noch einmal zu Jutta um und gab ihr ein Zeichen mit der Frage, ob es mit ihrem Treffen am Abend klappen würde. Sie nickte bestätigend. Erfreut und mit beschwingtem Schritt holte Leon den Hausmeister rasch ein. Beide gingen nun die Treppen zum ersten Stock hinauf. Während Karl Gerstner sich etwas umständlich bemühte, eine ausziehbare Leiter aus einem Wandschrank herauszuholen, rief ihm Leon zu: „Ich schau schon einmal!" Der Hausmeister wollte ihn stoppen, aber da war er schon verschwunden.

Rasch sperrte Leon die erste Türe der sogenannten Prunkräume auf und ging hinein. Er befand sich gleich im Steinernen Saal, dem Raum, in dem sich in Markgrafentagen die Garde des Fürsten aufhielt. Mithilfe des Restlichtes von draußen und des Scheins seiner Taschenlampe leuchtete er die Steckdosen an. Er ging schnell von einer zur nächsten. Aus Erfahrung meinte er zu wissen, dass ein Kurzschluss oft ein schwarzes Brandmal hinterließ. Nirgendwo entdeckte er jedoch ein solches Zeichen. Auch an der Beleuchtung schien alles in Ordnung zu sein.

Leon ging schnell weiter, inspizierte oberflächlich den Festsaal, lief durch das Audienzzimmer, das Speisezimmer zum zweiten Vorzimmer, erreichte einen Saal, den Markgraf Alexander zu seiner Zeit einfach weiß ausmalen ließ, um ihn dem damals in Mode gekommenen klassizistischen Stil anzupassen. Alle Zeugnisse früherer Zeiten waren damit unter der gleich machenden Farbe verschwunden.

Leon hatte jetzt die Südseite der Residenz erreicht. Er überquerte einen Gang und eilte weiter. In jedem Raum, den er durchlief, prüfte er schnell alle elektrischen Anschlüsse und alle Lampen, immer auf der Suche nach irgendwelchen Merkmalen eines Kurzschlusses. Leon kannte sich in den Räumen aus und war sich sicher, dass er gleich eine Veränderung an diesen Elementen bemerken würde.

Ziemlich schnell war er auf diese Weise im Wohnbereich des Markgrafen angekommen. Im Speisezimmer, das vor der sogenannten Bildergalerie lag, wurde er plötzlich auf ein seltsames weißes Licht aufmerksam, das aus der Galerie leuchtete. Sein erster Gedanke war: „Hier brennt irgendetwas!" Aber die Farbe des Lichtes schien ihm sehr kalt und erinnerte ihn keineswegs an Feuerflammen, sondern eher an eine LED-Leuchte. Er näherte sich dem Saal, blieb dann aber mitten im Lauf, wie zu Eis erstarrt, stehen. In etwa fünfzehn Meter Entfernung sah er zu seinem Erstaunen eine weiße Frauengestalt. Ihr Gesicht mit den harten Zügen war das einer alten Frau. Ein Verziehen ihres Mundes, das vielleicht ein Lächeln hätte werden sollen, erstarrte zu einer Furcht erregenden Grimasse.

Sie stand, mit einem langen weißen Gewand bekleidet, zunächst still in der Mitte des langen Raumes und schien irgendwie von innen heraus zu leuchten. Ihm war dieses Wesen spontan sehr unheimlich. Es sah ihn direkt und starr an. Leon Kühnhackl lief es bei dem gruseligen Anblick kalt über den Rücken. Gleichzeitig spürte er, wie ihm der Schweiß ausbrach. Die Frau hob langsam ihren Arm und streckte die Hand nach ihm aus. Ihm blieb vor lauter Entsetzen im wahrsten Sinn des Wortes die Spucke weg. Sein Mund war plötzlich völlig trocken.

„Das ist kein Mensch, aber es bewegt sich! Das ist die Weiße Frau, das Gespenst des Markgrafengeschlechts der Hohenzollern!", fuhr es ihm heiß durch den Sinn, „wer sie sieht, muss sterben!"

Bestimmt hätte er in dem Moment keinen Ton herausgebracht. Er starrte nur auf die Erscheinung und konnte einfach nicht wegsehen. Jetzt winkte sie ihm zu. Er sollte ihr wohl folgen. Leon konnte sich jedoch nicht rühren.

Er fühlte sich wie versteinert. Von Schreck und Angst gepackt, fing er jetzt am ganzen Leib zu zittern an.

Obwohl er am liebsten davongelaufen wäre, fühlte er sich unfähig, auch nur ein Glied seines Körpers zu bewegen.

Plötzlich hörte er hinter sich schnelle Schritte, Schnaufen und dann die aufgebrachte Stimme von Karl Gerstner: „Hey! Sag mal, spinnst du? Du bist mir ja eine schöne Hilfe, rennst einfach davon und lässt mich mit meiner Leiter stehen. Jetzt hilf mir doch endlich; Donnerwetter noch mal!"

Er verstummte aber abrupt, als er vor Leon hintrat, um ihn noch weiter zu schimpfen.

Leon hatte nicht auf seine Anrede reagiert, das war komisch.

Er leuchtete ihm mit seiner Taschenlampe ins Gesicht. Leon reagierte auch nicht auf den Lichtstrahl. Er stand wie vom Blitz getroffen da und starrte, kalkweiß im Gesicht, in den Raum hinter Gerstner.

„Mensch, du schaust aus, als wenn du ein Gespenst gesehen hättest! Geht es dir nicht gut oder was ist los?"

Leon deutete mit zitternder Hand über Gerstners Schulter und schaute ihn dabei mit angstvoll aufgerissenen Augen an. Das Entsetzen war ihm ins Gesicht geschrieben. Er bewegte seinen Mund, aber brachte zunächst keinen Ton heraus. Schließlich stieß er stotternd ein „Da ... da ... Weiße ... Frau ...!“ hervor.

„Mensch Leon, du spinnst ja vollkommen!“, fuhr ihn Karl Gerstner an und blickte sich forschend um, „niemand zu sehen. Aber wenn hier jemand ist, dann gehört er um diese Zeit nicht hierher. Deine Weiße Frau ist bestimmt eine Einbrecherin. Wer weiß, was die vorhat. Die hat bestimmt auch den Kurzschluss ausgelöst. Los, die schnappen wir uns! Ich renne ihr hinterher und du packst sie, wenn sie ins Treppenhaus flüchten will. Jetzt beweg dich, sonst ist sie weg! Ein Gespenst, dass ich nicht lache!“

Schon rannte Karl Gerstner los und ließ den Lichtkegel seiner Taschenlampe suchend nach allen Seiten kreisen. Leon blickte forschend in den Raum vor sich. Tatsächlich, die Erscheinung war verschwunden. Jetzt kam auch in ihn Bewegung. Er drehte sich um und lief, so schnell es ihm möglich war, durch die Räume in Richtung Treppenhaus, erleichtert, vom Ort der Erscheinung weglaufen zu können. Als er es erreicht hatte, wurde ihm wieder mulmig. Er blickte auf die Türen, die auf den Gang mündeten, und spürte, wie ihm der Schweiß über das Gesicht lief.

Während er noch ganz benommen und ängstlich überlegte, durch welche Türe die Frau wohl kommen würde, hörte er von innen einen kurzen Schrei und darauf ein Poltern hinter einer der Türen. Leon war immer noch ängstlich. Er drückte sein Ohr auf das Türblatt. Von drinnen war kein Ton mehr zu hören. Er kam zu dem Schluss: „Karl muss etwas passiert sein!“

Leon nahm seinen ganzen Mut zusammen und sperrte die Türe auf.

Dahinter erwartete ihn der zweite Schock dieses

Tages. Vor ihm lag Karl Gerstner am Boden. Er schien die Wand vor sich mit seinen offenen Augen anzustarren. Seine Haare und das Gesicht waren voller Blut. Am Boden um seinen Kopf hatte sich bereits eine Lache gebildet. Auch aus seinem Mund lief Blut. Insgesamt ein schrecklicher Anblick!

Leon ging ein paar Schritte näher zu dem am Boden Liegenden hin. Er sprach ihn an und schüttelte ihn dabei an der Schulter: „Karl, wach auf!" Mit Entsetzen erkannte Leon, dass Karl Gerstner wohl nie wieder aufwachen würde. Sein erster Gedanke war, dass Gerstner unglücklich gestürzt war. Aber worüber? Es stand nichts in der Nähe, worüber der Hausmeister hätte fallen können. Auch der Fußboden war trocken und sauber. Jemand musste hier seine Finger im Spiel gehabt haben: „Die Weiße Frau, sie hat ihn getötet! Sie hat mir zugewunken. Eigentlich wollte sie mich!"

Hektisch blickte er um sich. Niemand zu sehen. Kein Laut zu hören.

Ihm schien plötzlich der Verstand stillzustehen. Es war, als würde das ganze Gebäude auf einmal irgendwie wanken.

Von Panik gepackt rannte Leon aus dem Zimmer und flüchtete so schnell er konnte die Treppe hinab ins Erdgeschoss.

Jutta wollte gerade die Türe des Empfangsbereiches abschließen, als er weiß wie die Wand schließlich vor ihr stand. Schweiß lief ihm über das Gesicht. Keuchend, mit den Händen fuchtelnd stieß er hervor: „Karl! oben, tot!" Er rang die Hände, dann zeigte er stumm nach oben.

„Um Himmels willen, Leon, was redest du da?", fragte Jutta erschrocken, „was ist passiert?"

„Da war die Weiße Frau, wir wollten sie fangen. Karl ist von ihr getötet worden! Schnell, ruf die Polizei!"

„Eine Weiße Frau, eine Diebin vielleicht!", Jutta bemühte sich, trotz der schrecklichen Nachricht, ihre Fassung zu bewahren. Sie stürzte zum Telefon und rief über Notruf die Polizei. Leon hatte, während sie telefonierte, hastig die Türe des Empfangssaals von innen abgesperrt. Sie wandte sich zu ihm um. Leons Gesicht war immer noch von Angst und Panik verzerrt. Er stieß erst einen klagenden Laut aus, dann brachte er mühsam den Satz zusammen: „Sein Kopf ist voller Blut. Die Weiße Frau hat Karl erschlagen!“

Jutta reagierte immer noch fast automatisch. Sie hob nochmals den Hörer des Telefons ab, wählte nochmals die Notrufnummer. Der Beamte am anderen Ende erkannte sofort ihre Stimme wieder. Beruhigend sagte er: „Keine Angst, die Polizei ist schon unterwegs zu Ihnen.“

Jutta Brendel ließ sich nicht ablenken. Gefasst entgegnete sie: „Mein Kollege sagt, der Hausmeister ist erschlagen worden. Jemand hat ihn getötet. Der Täter ist sicher noch im Haus. Er ist vielleicht bewaffnet. Wir haben uns im Empfangsraum im Erdgeschoss eingesperrt.“

Mit dem Gesagten kam ihr das Gewicht der Nachricht, die Leon ihr mitgeteilt hatte, erst zum Bewusstsein. Mit einem Mal war es ihr so, als senkte sich eine dunkle Wolke über sie. Alle Energie schien plötzlich von ihr zu weichen. Sie fühlte sich wie in einem engen, dunklen Raum gefangen. Der Schock über das Schreckliche brachte sie ins Wanken. Sie stützte sich am Empfangstresen ab und versuchte, ihr Gleichgewicht zu halten, was ihr aber nicht gelang. Ihre Beine knickten unter ihr ein. Wenig später lag sie auf dem Boden. Leon hatte sie fallen sehen, war aber nicht in der Lage gewesen, sie noch rechtzeitig aufzufangen. Schnell ließ er sich neben sie auf die Knie sinken, schob seinen Arm unter ihren Kopf und umfasste mit der freien Hand eine ihrer kalten Hände. Jutta hatte die Augen geschlossen und schien bewusstlos zu sein. Nach kurzer Zeit öffnete sie die Augen und sah Leon an. „Sag mir, was passiert ist!", stieß sie hervor.

Leon berichtete ihr mit wenigen Worten sein Erlebnis. „Ich kann es nicht glauben!", rief sie daraufhin verzweifelt aus und versuchte, sich aufzusetzen, „ich will zu ihm!"

Leon drückte sie sanft nieder und versuchte, sie zu beruhigen: „Nein, bleib liegen. Der Täter kann uns doch auch töten, wenn wir da hinaufgehen! Hier sind wir im Moment sicher. Ich habe die Türe abgesperrt. Bestimmt ist gleich die Polizei da. Die wissen, was in so einem Fall zu tun ist."

Tatsächlich reagierte der Beamte in der Inspektion nach dem Notruf schnell und mit großer Umsicht. Er beorderte sofort alle verfügbaren Streifen zur Residenz, mit dem Auftrag, die Ausgänge zu besetzen. Als Nächstes unterrichtete er seinen neben ihm sitzenden Kollegen mit knappen Worten über die Situation und gab ihm den Auftrag, weitere Polizeikräfte aus dem Landkreis anzufordern. Ausdrücklich sollte er darauf hinweisen, dass sie es mit einem oder mehreren bewaffneten Tätern zu tun hatten.

Vorsichtshalber wurde von ihm auch die Feuerwehr gerufen, falls der oder die Täter auf die Idee kamen, in der Residenz einen Brand zu legen. In einem weiteren Anruf löste er bei der Rettungsleitstelle Alarm aus und forderte Sanitäter und Notärzte an.

Entschlossen wählte er dann die Nummer des Spezialeinsatzkommandos, umriss kurz die Lage und bat um einen schnellen Einsatz. Das alles geschah in wenigen Minuten sachlich, fast routinemäßig.

Ein weiterer Anruf galt dem Schlosspförtner. Er wies ihn an, im ganzen Haus Feueralarm auszulösen.

Alle Personen sollten sich zunächst in der Eingangshalle sammeln und dann von mehreren Polizisten zum gegenüberliegenden Theater eskortiert werden. Dabei war streng darauf zu achten, dass niemand den Pulk verlassen konnte. Auch im Theater sollten sie bewacht werden, ihre Personalien angeben und eventuelle Beobachtungen schildern.

Dem Beamten war bewusst, dass der Exodus des Personals ein ungeheures Risikomoment darstellte. Wie leicht konnte sich der Täter unter die Angestellten mischen! Es blieb ihm jedoch nichts anderes übrig, als das Gebäude räumen zu lassen, denn er wusste nicht, was dem Täter in den Sinn kam, wenn er sich bedrängt sah. Zuvor mussten jedoch alle Polizeikräfte vor Ort sein.

Nun war es an der Zeit, die Vorgesetzten in Kenntnis zu setzen. Er beauftragte seinen Kollegen, die Staatsanwaltschaft zu unterrichten, und rief dann selbst bei Polizeidirektor Dotzauer an. Der geriet angesichts der geschilderten Situation zunächst in helle Aufregung: „Rufen Sie sofort Hauptkommissar Sperber an; der soll sein Team sammeln und sich so schnell wie möglich in der Residenz einen Überblick über die aktuelle Lage verschaffen. Ich übertrage ihm hiermit die Einsatzleitung."

Dotzauer murmelte nach diesem Anruf vor sich hin: „Mir bleibt wohl nichts anderes übrig, als im Präsidium bis auf Weiteres die Fäden in der Hand zu behalten. Zunächst werde ich den Polizeipräsidenten von der Geschichte unterrichten müssen." Er nahm den Hörer seines Telefons ab und wählte die Direktverbindung zum Präsidium in Nürnberg.

Kriminalhauptkommissar Wolfgang Sperber und seine zwei Mitarbeiter, Konstanze Grunwald und Karl-Otto Grollmisch, genannt Karlo, waren gerade mitten in einer Besprechung, als das Telefon läutete.

Wieder einmal waren sie dabei gewesen, das Problem der organisierten Diebesbanden zu diskutieren, die durch ihre Einbrüche in Privat- und Geschäftshäuser die ganze Stadt verunsicherten. Der Polizei war es bisher selten gelungen, der Verbrecher habhaft zu werden. Nach offenbar genauem Ausspionieren ihrer Zielobjekte drangen die Diebe auf hochprofessionelle Weise in Geschäfte, Häuser und Wohnungen ein und raubten, was ihnen in die Finger kam. So schnell sie zuschlugen, so schnell verschwanden sie auch wieder. Natürlich hinterließen sie keine Fingerabdrücke und sonstigen Spuren. Die frühe Dämmerung ausnützend, vermieden sie weitgehend, beobachtet zu werden. Wenn ein Einbruch gemeldet wurde, waren die Täter aber meistens bereits über alle Berge oder hatten sich des Diebesguts irgendwo entledigt, sodass ihnen auch bei intensiven Verkehrskontrollen nichts nachzuweisen war.

Ein aktueller Fall hatte die drei Kommissare dazu veranlasst, sich aufs Neue mit dem leidigen Thema zu befassen. Die Polizei hatte in Ansbach zwei Kinder geschnappt, die für mindestens zwei Einbrüche verantwortlich waren. Der zwölf Jahre alte Junge und das dreizehnjährige Mädchen waren von einem Zeugen beobachtet worden, wie sie eine Terrassentür aufbrachen. Als sie der Mann ansprach, liefen die beiden davon. Der Zeuge informierte sofort die Polizei, die mit Hunden und allen verfügbaren Kräften die Verfolgung aufnahm. Sie hatten Erfolg damit und ergriffen die Täter. Zunächst wurden die beiden Verdächtigen festgenommen, weil sie wie Jugendliche aussahen.

Als klar war, dass es sich um Kinder handelte – Personen unter vierzehn Jahren sind strafunmündig –, ließ die Polizei sie in ein Jugendwohnheim bringen. Die Personalien der Kinder waren bereits von früheren Delikten her bekannt. Allerdings hatten sie keine Ausweise bei sich. Ihre Angaben mussten erst unter schwierigen

Umständen in Osteuropa überprüft werden. Der Großvater der beiden, so sagten sie bei der Vernehmung, sei im Raum Würzburg mit einem Wohnmobil unterwegs.

Die Kinder hatten den Einbruch gestanden und führten die Beamten zu einem Versteck, das sie angelegt hatten. Während der Vernehmung meldete sich eine Familie aus Veitsbronn, bei der ebenfalls eingebrochen worden war. Auch diese Tat räumten die Minderjährigen ein. Sie hatten in dem Haus in Veitsbronn Schmuck im Wert von zweitausend Euro erbeutet.

Die Polizei hatte den Fall, wie üblich, an die Staatsanwaltschaft gemeldet, musste die Kinder aber sofort wieder freilassen. Weil die beiden jedoch keine weiteren Verwandten nannten, übergab die Polizei den Jungen und das Mädchen an Pädagogen eines Jugendwohnheimes. Aus Erfahrung wussten die Kommissare, dass solche Kinder nach wenigen Tagen wieder verschwinden. Sie wussten genauso, dass diese Diebeskinder dann von ihren Anstiftern gleich wieder zum Raub ausgeschickt wurden. Oft wurden sie unter menschenunwürdigen Bedingungen gehalten, mit Schlägen, Drohungen und so weiter gefügig gemacht. Sie lebten meist in totaler Abhängigkeit von ihren Auftraggebern. Mittlerweile war bekannt, dass auch Kinder darunter sind, die ihren Eltern abgekauft oder gar gestohlen worden waren. Wie viele von ihnen auch auf andere Art missbraucht oder sogar getötet wurden, dafür schien sich niemand zu interessieren. Warum sie nicht wenigstens bis zur Abholung durch ihre Erziehungsberechtigten, bei der man ihre Lebensbedingungen untersuchen könnte, in geschlossenen Heimen untergebracht wurden, war Sperber und seinen Leuten unverständlich. Die Kommissare meinten, dass die derzeitige Gesetzeslage weder dem Wohl der Kinder noch dem Schutz der Bürger, sondern einzig und allein den Verbrechern diente. Vielleicht waren die gesetzgebenden Politiker an dieser Stelle nicht bereit, eine Änderung vorzunehmen, weil sie Kosten und Aufwand scheuten? Der Verdacht lag zumindest nahe.

Ihnen blieb in diesem Fall nichts anderes übrig, als zu versuchen, die Hintermänner und Auftraggeber der beiden Einbrecher zu finden. Dieser Versuch erwies sich bisher in der Regel als unmöglich. In dem Fall sprachen die beiden Kinder, wie viele von ihnen, kaum Deutsch und schwiegen – was Wunder! – eisern zu den Hintergründen ihrer Taten.

Durch den Umstand der offenen Grenzen war es solchen zum Diebstahl angeleiteten Kindern und ihren Anstiftern leicht möglich, rasch außer Landes zu kommen. Die Behörden im Ausland zeigten sich in der Regel wenig bereit, mit den inländischen zu kooperieren. Eine träge Bürokratie dort half den Gangstern bei ihrer Tätigkeit.

Gezielte Abhörmöglichkeiten, mit denen man gewisse Bewegungsmuster hätte leichter feststellen können, waren offenbar nicht gewollt. Die engen Gesetze für Lauschangriffe sollten, durch die NSA-Affäre bedingt, noch mehr eingeschränkt werden. Politische Kreise, Einzelpersonen und Medien verkündeten das zurzeit ständig „politisch korrekt".

Natürlich würde man so dem organisierten Verbrechen in Deutschland eine immer noch bessere Basis bieten.

Sperber und seine Kollegen spürten die Mühen dieser Verbrecherjagd bei ihrer Beratung direkt körperlich. Sie wussten jedoch klugerweise zu vermeiden, dass sie in eine resignative Stimmung gerieten. Natürlich war ihnen klar, dass die Polizei aus personeller und technischer Sicht dem organisierten Verbrechen fast chancenlos hinterherlief. Aber sie kämpften trotzdem tapfer weiter gegen diesen Kraken, der mit seinen Armen mittlerweile in allzu vielen Wirtschaftsbereichen und Einrichtungen des öffentlichen Lebens ganz legal agierte und dadurch nicht zu fassen war. Jeder noch so kleine Sieg hatte sie bisher in ihrer Haltung bestärkt.

Irgendwann würden auch in Deutschland, so hofften die Kommissare, die Politiker erkennen, dass das Problem der organisierten Kriminalität, der Feindin der Demokratie und des Staates, nicht mehr zu leugnen und kleinzureden war. Dann würde man auch wirksame Gegenmaßnahmen ergreifen, wie sie zum Beispiel in Italien bereits gang und gäbe waren.

Das Beschlagnahmen von Geldern aus ungesetzlicher Tätigkeit war nur eine davon, aber mit dem Entzug des Geldes traf man die Organisationen an ihren Wurzeln.

Man würde langfristig hoffentlich auch Mittel und Wege finden, nicht nur an die kleineren Fische, sondern an die eigentlichen Drahtzieher zu kommen. Die zogen oft genug von ihren Heimatländern aus die Strippen. Das Ziel musste sein, ihnen das Handwerk zu legen. Aber noch war es lange nicht soweit; denn auch durch die eigenwillige, kleinstaatliche Behördenorganisation in Deutschland hatte das Verbrechen nach wie vor hier einen wunderbaren Tummelplatz. Das Land bot den Gangstern herrliche Möglichkeiten.

Solange die Gerichte wegen ihrer Überlastung gerne einen Deal mit den Tätern aushandelten, um langwierige Verhandlungen zu vermeiden, mussten sich die auch vor keiner großen Strafe fürchten. Und selbst wenn sie ins Gefängnis kamen, hatten die Bosse dort ein relativ gutes Leben und konnten ihren Geschäften oft vom Gefängnis aus weiterhin nachgehen.

Sperber und seine Leute beratschlagten, wie sie das Netz zur Vorbeugung von Straffällen in der Stadt noch enger knüpfen konnten. Das schien ihnen momentan der einzige Weg, auf dem eventuell Erfolge zu erzielen waren.

Mitten in ihre Überlegungen platzte der Anruf von dem Geschehen im früheren Markgrafenschloss.

Die drei Kommissare beendeten sofort ihre Besprechung.

Sie eilten die Treppe der Inspektion hinab, bestiegen ihren Dienstwagen und fuhren, so schnell es möglich war, zur nahe gelegenen Residenz.

Dort angekommen, staunten sie nicht schlecht, wie viele Polizei- und Rettungsfahrzeuge sich auf dem abgesperrten Platz vor dem großen Haus bereits versammelt hatten.

Als Sperber und seine Kollegen gewahr wurden, dass zwei uniformierte Kollegen schon dabei waren, Medienvertreter hinter der Absperrung in Schach zu halten, wunderte sich Konstanze laut: „Wie erfahren die das nur so schnell? Die müssen doch einen Informanten in der Inspektion haben!"

„Die Handys werden sie ja wohl nicht abhören", überlegte Karlo.

In vorderster Reihe und als Sprecher der Journalisten tat sich bereits wieder – wie schon so oft – Herbert Mostrich von der Ansbacher Rundschau hervor.

Als die drei Beamten von ihrem Auto aus zum Eingang des Gebäudes liefen, hörten sie Mostrichs laute Stimme in ihrer Nähe. Er hielt demonstrativ sein Mikrofon hoch und rief: „Herr Hauptkommissar, können Sie uns schon etwas zu dem spektakulären Vorfall sagen?"

Wolfgang Sperber rief zurück: „Tut mir leid, Herr Mostrich. Selbst wenn ich wollte, kann ich Ihnen noch nichts mitteilen. Wir treffen doch selbst gerade erst ein und müssen uns zunächst ein Bild vom Geschehen machen. Bitte gedulden Sie sich noch. Sie bekommen Bescheid, wenn wir etwas wissen, das die Öffentlichkeit erfahren soll."

„Aber Sie können uns doch jetzt nicht so abspeisen. Irgendetwas wissen Sie bestimmt schon", schrie Mostrich aufgebracht.

„Nein, mehr kann ich noch nicht sagen. Lassen Sie uns bitte jetzt erst einmal unsere Arbeit tun."

Damit wandte er sich von dem Redakteur ab und ging hinter seinen beiden Kollegen eilig in das Schloss hinein.

Im Erdgeschoss warteten zwei Herren auf sie. Sie standen etwas abseits neben der aufgeregt miteinander redenden und gut bewachten Schar der Angestellten.

Niemand von ihnen dachte, dass es sich bei dem Alarm lediglich um eine Übung handelte. Die Art und Weise, wie sich die Ordnungshüter verhielten, sprach für sich und spiegelte den Ernst der Lage.

Die zwei abseits Stehenden, ein höherer Beamter der Schlösser- und Seenverwaltung, an dessen bleichem Gesicht und aufgeregtem Verhalten man sein Entsetzen erkannte, und ein uniformierter Polizist, kamen gleich auf sie zu und stellten sich ihnen vor.

Der Polizist, der mit dem Beamten zu ihnen stieß, war Gerhard Pfeifer, der ihnen Bericht erstatten wollte. Er erklärte seinen Kollegen, dass die beiden Zeugen des Vorfalles im Empfangsraum auf sie warteten und sehr geschockt seien.

Dann umriss Pfeifer kurz die bisherigen Erkenntnisse. Er berichtete, dass es gelungen war, alle Ausgänge durch Polizeikräfte zu besetzen. Auch das Tatzimmer war durch Uniformierte gesichert. Eine Durchsuchung der anderen Räume wollte man dem SEK überlassen.

„Durch die vielen Ausgangstüren, auch zum Treppenhaus hin, und die Gänge, die sich hinter den sogenannten Prunkräumen entlang zogen, wird sich die Durchsuchung sicher als ein äußerst schwieriges und zeitraubendes Unterfangen erweisen", meinte er, „die langen Gänge und Räume hinter den Prunkräumen, die zur Markgrafenzeit von den Bediensteten benutzt wurden, machen die Durchsuchung schwierig. Es gibt auch diverse Tapetentüren und Feuerschächte. Wir haben eine zeitraubende Arbeit vor uns!"

Pfeifer berichtete weiter, dass es ihnen gelungen war, auf die Schnelle einen weiteren Hausmeister zu ihrer Unterstützung herbeizutelefonieren. Leider musste der aber etwas beschämt zugeben, sich selbst in dem riesigen Gebäude nicht hundertprozentig auszukennen.

Sperber reagierte schnell: „Ich denke, es ist am besten, wenn wir die beiden Zeugen zu ihrer Sicherheit gleich zur Inspektion bringen lassen. Wir müssen schnellstens alle Zivilpersonen aus dem Gebäude evakuieren. Konstanze und Karlo, nehmt euch um die beiden an und sorgt dafür, dass sie alles bekommen, was nötig ist. Ein Arzt soll sich um sie kümmern. Führt auf der Inspektion nach der Versorgung und der Erlaubnis des Arztes schon mal eine getrennte Befragung durch. Wir treffen uns dort, wenn hier alles erledigt ist."

Sperber und seine Kommissare gingen weiter durch die gut bewachte Eingangshalle zum Empfangsraum.

Dort fanden sie die Schlossführer Leon Kühnhackl und Jutta Brendel, die wie zwei Häufchen Elend nebeneinander auf einer der Bänke saßen.

Nach einer kurzen Begrüßung nahmen Konstanze und Karlo die beiden zur Inspektion mit. Dort konnten sie in Ruhe befragt und das Gesagte in einem Protokoll festgehalten werden.

Es sollte sich um eine erste Befragung handeln, der sicher noch weitere folgen würden. Sie war wichtig, denn im Zustand des ersten Schocks erwiesen sich die meisten Zeugen offener als später, nachdem sie sich vielleicht manches zurechtgelegt hatten, um selbst in einem guten Licht dazustehen.

Inzwischen waren auch der Leiter des Erkennungsdienstes, Gottfried Arpogaus, und seine Mitarbeiter auf dem Platz vor dem Schloss angekommen. Sie holten zunächst aus ihrem Kastenwagen Kisten und Kartons heraus, in denen sich unter anderem auch ihre Werkzeuge befanden; daneben diverse Scheinwerfer. Sie bereiteten alles vor, um es später nach und nach ins Gebäude hineinzuschaffen.

Als die Gerichtsmedizinerin Doktor Brigitte Renz ihren Wagen neben dem grauen Fahrzeug abstellte und, wie immer chic gekleidet, eilig auf das Eingangstor zustrebte, lief der Chef der „Spusi“ gleich hinter ihr her und rief: „Langsam, junge Frau! Das Haus ist noch für das allgemeine werte Publikum gesperrt. Das SEK soll erst rein und den oder die Täter fangen. Wir können aber das Tatzimmer und die Leiche schon einmal besichtigen. Bestimmt haben die Polizisten alles schon wieder kontaminiert und wir haben jede Menge Probleme“, fügte er etwas pessimistisch hinzu.

„Nur keine Angst, ich werde mich schon so verkleiden, dass Sie zufrieden sind. Zum Dank für mein Wohlverhalten dürfen Sie mir kostenlos bei einer Obduktion zusehen“, entgegnete die Ärztin schelmisch.

„Brr, nein danke für die Einladung. Dafür bin ich einfach viel zu sensibel. Ich kann nämlich kein Blut sehen“, gab der Kriminaltechniker launig zurück. Beide grinsten sich an. Arpogaus und Doktor Renz mochten sich und freuten sich jedes Mal, wenn sie sich begegneten.

Weiter plaudernd stapften sie miteinander die Treppe zum Tatzimmer hoch.

Es dauerte einige Zeit, dann traf das SEK ein. Nachdem sich die Spezialeinsatzkräfte positioniert hatten, begannen sie mit der Evakuierung des Schlosses.

Beamte und Angestellte der Regierung von Mittelfranken und anderer Dienststellen strömten nun aus dem

Eingang. Sie wurden von schwer bewaffneten Polizisten über das bereits weitläufig abgesperrte Gelände eskortiert und über den etwas erhöhten Vorplatz des Theaters ins Innere geleitet.

Alles schien geordnet zu geschehen. Angestellte und Beamte hatten sich warm angezogen und liefen ohne Hektik, aber immer noch aufgeregt miteinander redend, über den verschneiten Platz.

Oberstaatsanwalt Doktor Sauber, der inzwischen eingetroffen war, Wolfgang Sperber und einige weitere Polizeibeamte nutzten die Zeit, in der Doktor Renz, der Erkennungsdienst und das Einsatzkommando ihre Arbeit taten, zur Befragung der Versammelten in den Räumen des Theaters.

Zunächst wurden die Personalien festgestellt und wenn sich bei den Befragten keine positiven Aussagen ergeben hatten, wurden sie jeweils in ihren Feierabend entlassen.

In der Zwischenzeit waren Frau Doktor Renz sowie Arpogaus und seine Leute in den vom SEK freigegebenen Räumen in ihren weißen Schutzanzügen eifrig bei der Arbeit. Diese Zimmer waren hell von Scheinwerfern erleuchtet.

Einige Zeit später kamen die Ärztin und Gottfried Arpogaus ins Theater und berichteten Sperber und Doktor Sauber von ihren ersten Ergebnissen.

Die Gerichtsmedizinerin erklärte: „Nach meiner ersten Untersuchung lege ich mich schon mal auf die Todesursache des Mannes fest. Er ist von einem kantigen Gegenstand am Kopf getroffen worden. Sein Schädeldach ist dadurch eingebrochen. Es ist Gehirnmasse ausgetreten. Der Mann war bestimmt sofort tot. Auf den ersten Blick scheint mir, dass der Schlag von hinten geführt wurde. Es war ein mit großer Kraft geführter Schlag. Wenn ich meine Messungen vorgenommen habe, kann ich Ihnen die ungefähre Größe des Mörders sagen. Alle anderen Verletzungen sind nach meiner ersten Untersuchung zu vernachlässigen. Den scharfkantigen Gegenstand mit einem sehr kräftigen und gut trainierten Täter daran zu finden ist nun Ihre Sache, meine Herren. Ich empfehle mich und erwarte jemand von Ihnen morgen um elf Uhr, um der Obduktion beizuwohnen. Von mir aus kann der Tote nun abtransportiert werden."

Mit einem Lächeln und einem kurzen Nicken in die Runde verabschiedete sich Doktor Renz und eilte zum Ausgang.

Gottfried Arpogaus übernahm nun den Redepart: „Wir haben zunächst die Umgebung der Leiche untersucht. Einen Gegenstand, mit dem der Mann erschlagen wurde, haben wir dabei bisher nicht gefunden. Nachdem die Räume im ersten Stock fast täglich von mehr oder weniger großen Menschengruppen besucht werden, finden sich natürlich entsprechend viele Hinterlassenschaften der Leute. Es erscheint ziemlich unwahrscheinlich, dass wir aus diesem Grund schnell ein Täterprofil erstellen können. Bestimmte Stellen könnten uns aber vielleicht trotzdem etwas erzählen. Zum Beispiel der Bereich um den Fundort der Leiche, den wir noch weiter besonders gründlich untersuchen. Mehr kann ich leider noch nicht sagen. Wir stochern sicher noch einige Zeit in diesem ‚Heuhaufen'. Wirklich merkwürdig finde ich allerdings die Sache mit dem Kurzschluss. Er wurde so auffällig inszeniert, dass ich den Eindruck habe, man sollte dadurch auf dieses Stockwerk aufmerksam gemacht werden. Bevor die Leiche abgeholt wird, könnten du, Wolfgang, und Sie, Herr Oberstaatsanwalt, den Tatort ansehen."

„Danke Gottfried. Wir kommen gleich mit", antwortete Sperber.

Während nun die Kollegen der Kommissare die restlichen Regierungsbeamten und Angestellten weiter befragten, gingen Sauber und Sperber mit Arpogaus zum Schloss hinüber und nahmen dann den noch immer am Boden liegenden Mann und seine unmittelbare Umgebung gründlich in Augenschein. Nachdem sie sich ein genaues Bild des Tatortes gemacht hatten, gab Doktor Sauber die Leiche für den Abtransport frei.

Das SEK hatte bis zum Weggang von Sauber und der Kriminalbeamten noch keinen Erfolg bei der Durchsuchung zu verzeichnen gehabt.

Anschließend gingen die drei Ermittler den relativ kurzen Weg zur Polizeiinspektion. Unterwegs glichen sie ihre Beobachtungen miteinander ab.

Als die drei Polizisten, Doktor Sauber und auch Polizeidirektor Dotzauer endlich zu einer Besprechung in der Inspektion beieinander saßen, berichtete zunächst Konstanze, was die Befragung von Jutta Brendel ergeben hatte.

Zuvor waren die beiden Zeugen von einem Arzt untersucht worden. Er gab den Polizisten danach die Erlaubnis zur Befragung.

Konstanze stellte Folgendes dar: „Frau Brendel arbeitet seit drei Jahren als Schlossführerin im Haus. Vorher war sie in einem großen Möbelgeschäft in Ansbach als Verkäuferin tätig. Sie ist infolge eines Umsatzeinbruchs der Firma gekündigt worden und fand hier eine Arbeit, die ihr, wie sie sagt, wegen der Nähe zu Menschen gut gefällt. Seit etwa zweieinhalb Jahren war sie mit dem Hausmeister Karl Gerstner fest befreundet. Allerdings hatte jeder eine Wohnung für sich. Keiner von beiden wollte sich allzu fest binden. Für sie war das in Ordnung. Sie kann sich nicht erklären, wer Karl Gerstner niedergeschlagen hat. Weder er noch sie hatten bisher im Privat- oder im Berufsleben wirkliche Feinde. Natürlich hatte Gerstner als Hausmeister hie und da Ärger, aber das wäre in dem Beruf doch normal, sagte sie. Leon Kühnhackls Beobachtung der Weißen Frau hält sie für ein Hirngespinst. Sie glaubt, dass sich jemand bei einer Führung einsperren ließ und auf Raub aus war. Wahrscheinlich hat sich die Person ein Frauengewand angezogen, um sich darunter zu verstecken."

Konstanze wiegte den Kopf: „Nicht ganz abwegig, finde ich. Außerdem glaube ich persönlich nicht, dass ein Gespenst zuschlägt. Aber ich muss zugeben, dass ich mich in dem Metier nicht so gut auskenne. Im Großen und Ganzen wirkte Frau Brendel nun gefasster auf mich als bei der Begegnung im Schloss. Ihre Aussagen erschienen mir plausibel. Sie hat übrigens keinen Hehl daraus gemacht, dass das Verhältnis zu Karl Gerstner für sie in letzter Zeit unbefriedigend war. Leon Kühnhackl bezeichnete sie als jemand, der für sie als Freund in Frage käme. Im Moment sehe ich darin noch kein ausreichendes Motiv zu einem Mord an Gerstner."

Karlo übernahm und berichtete von der Befragung des Leon Kühnhackl: „Als ich mit Herrn Kühnhackl sprach, war er noch ganz durch den Wind. Er schien mir voller Angst und fing immer wieder von einer Weißen Frau an, einem Gespenst, das geleuchtet hat, wie er meint. Das Gespenst würde auch ihn töten wollen, jammerte er zwischendurch. Er hat mir die Erscheinung auch ganz genau beschrieben. Kühnhackl wiederholte sich auch ständig, indem er ein paar Mal sagte: ‚Sie hat mir zugewunken! Sie will mich holen!' Er hat mir die Szenerie nach dem Kurzschluss ausführlich beschrieben. Auch wie er die Räume mit der Taschenlampe nach der Ursache des Stromausfalls abgesucht hat und wie sehr es ihn natürlich geschockt hatte, Gerstner tot aufzufinden. Ich musste ihn immer wieder bremsen, weil er alles ständig vermischte und immer wieder dieses Gespenst ins Spiel brachte. Sein Verhältnis zu Jutta Brendel bezeichnete er übrigens als recht hoffnungsvoll.

Heute Abend wollten sich die beiden erstmals in Frau Brendels Wohnung zu einem Tête-à-Tête treffen. Natürlich sah er in der Beziehung von Frau Brendel zu Gerstner ein ernsthaftes Hindernis, aber er meinte, wenn die beiden sich getrennt hätten, dann hätten sie das mit sich abmachen müssen. Seine Beziehung zu Gerstner hätte er schon irgendwie geklärt. ‚Aber das ist ja nun nicht mehr wichtig', sagte er und wirkte dabei auf mich ein wenig heiterer."

Über Karlos Gesicht, das den ganzen Tag über ungewöhnlich ernst und verschlossen gewirkt hatte, huschte ein leichtes Lächeln. Er nickte den anderen zu, um anzudeuten, dass er mit seinem Bericht am Ende war. Dann saß er wieder still mit traurigem, in sich gekehrtem Gesicht da und schien sich in eigene Gedanken zu verlieren.

Im Anschluss an die Befragung hatten die beiden Kommissare Jutta Brendel und Leon Kühnhackl verabschiedet.

Dass der Redakteur Herbert Mostrich geduldig bei eingeschalteter Standheizung vor der Inspektion gewartet hatte, um Jutta Brendel und Leon Kühnhackl abzupassen und sie in seinem Redaktionszimmer eingehend auf seine Art zu befragen, konnte keiner von ihnen wissen.

Mostrich hatte es an nichts fehlen lassen. Er hatte nach dem Eintreffen Wasser, Saft, Bier, Wein und Knabbereien kommen lassen, um eine gute Gesprächsatmosphäre zu schaffen. Dann machte er den beiden recht erschöpft vor ihm Sitzenden den Mund durch ein kleines Honorar für ihre Aussage wässrig. Kaum waren sie wieder gegangen, raste er zu seinem Computer und begann, hektisch zu tippen.

Sperber breitete die Hände aus: „Danke! In der Beziehung von Brendel und Kühnhackl könnte möglicherweise ein klassisches Tatmotiv versteckt sein. Um die Frau des anderen zu bekommen, wurde schon oft gemordet. In diesem Fall jedoch erscheint mir das Verhältnis Brendel–Kühnhackl noch zu ungeklärt. Ich sehe das so wie ihr. Sie haben sich, wie sie sagen, noch nicht so eng miteinander verbunden. Ausschließen wollen wir jetzt aber noch nichts. Vielleicht ergeben weitere Befragungen neue Aspekte?“

Doktor Sauber und Rudolf Dotzauer nickten zustimmend.

Der Staatsanwalt erklärte, er gebe gleich nach der Sitzung eine Presseerklärung heraus, bei der er sich jedoch auf wesentliche Fakten beschränken wollte.

Jetzt schaltete sich Polizeidirektor Rudolf Dotzauer noch in das zum Abschluss drängende Gespräch ein: „Obwohl ich nicht an Gespenster glaube, meine ich, Sie sollten der Sache mit der Weißen Frau zumindest theoretisch nachgehen. Gehört habe ich von dieser Erscheinung schon irgendwann einmal etwas, aber ich weiß nichts Genaues. Es wäre gut, darüber zumindest unterrichtet zu sein. Nun hoffe ich, dass Ihre Kollegen bei der Durchsuchung des Hauses doch noch fündig werden und unseren Täter fassen. Ich bin auch relativ fest davon überzeugt, dass Kühnhackl und Gerstner weniger ein Gespenst, sondern vielmehr einen Dieb oder eine Diebin aufgespürt haben. Ich verleihe dem Fall den Arbeitstitel ‚Gespenst‘.“

Niemand widersprach und Dotzauer sah, ob seiner ihm innewohnenden Fähigkeit der poetischen Treffsicherheit von Fallbezeichnungen, die anderen selbstzufrieden an.

„Bleibt jedoch noch die Frage, welche Rolle der fast demonstrative Kurzschluss in der Geschichte spielt“, gab Sperber zu bedenken.

Dann fuhr er fort, indem er den fast abwesenden Karlo eindringlich anblickte: „Karlo, bitte mache dich mit der Geschichte der Weißen Frau vertraut. Rufe morgen gleich den Historiker Nöthlein an. Bestimmt weiß der etwas über sie oder kennt jemanden, der sich auf das Thema spezialisiert hat."

Karlos Stimmung schien dieser Auftrag nicht aufzuhellen. Im Gegenteil, er nickte ergeben und schaute dann wieder mit gramvoller Miene vor sich hin.

Wolfgang Sperber entging die miese Stimmung seines Kommissars keineswegs, aber hier war weder Zeit noch Ort, nach der Ursache dafür zu forschen. Sperber wusste, dass die Beschäftigung mit Historie nicht das war, was der junge Mann mit den nach allen Seiten abstehenden Haaren unter die „Top Ten" seiner Lieblingsbeschäftigungen eingeordnet hätte.

Zu Konstanze sagte er: „Bitte sieh morgen früh gleich nach, ob wir über Karl Gerstner oder die beiden Schlossführer irgendetwas in den Akten haben. Vielleicht ergibt sich daraus etwas Interessantes. Ich denke, für heute sollten wir es genug sein lassen. Bei unserer Morgenbesprechung werden wir sicher neue Fakten auf dem Tisch haben, dann machen wir weiter. Ich meine, wir haben heute noch einiges in der Inspektion aufzuarbeiten, dann haben wir auch den Rücken frei für diesen Fall. – Karlo, kann ich dich noch kurz sprechen?" Karlo nickte wortlos.

Konstanze hatte natürlich auch bemerkt, dass bei Karlo an diesem Tag etwas nicht stimmte. Sie hoffte, dass sich Wolfgang Sperber im Gespräch mit Karlo danach erkundigen würde. Die Atmosphäre in ihrem Team war grundsätzlich von Vertrauen geprägt. Auch private Dinge konnten auf dieser Basis leichter besprochen werden. Sie verließ zusammen mit Dotzauer und Doktor Sauber das Besprechungszimmer.

Als sich die Tür hinter ihnen geschlossen hatte, fragte

Sperber seinen jungen Mitarbeiter direkt: „Karlo, was ist heute mit dir los? Du bist so anders als sonst. Ich vermisse deinen besonderen Witz. Ist dir eine Laus oder sonst was über die Leber gelaufen?"

„Ich habe Probleme."

„Mit deiner Freundin Lissi?"

Karlo nickte. Er blickte auf den Boden. Sperber schien es so, als würden seine Augen feucht glänzen.

„So schlimm?"

Wieder ein wortloses Nicken.

„Willst du darüber reden?"

„Sie hat einen anderen. Sie ist heute Morgen aus meiner Wohnung ausgezogen."

Wolfgang Sperber machte diese Nachricht richtig baff. Dass sich dieses dauerverliebte Pärchen so Hals über Kopf trennen würde, hätte er nicht gedacht. Da musste der Blitz ja ganz heftig bei der guten Elisabeth eingeschlagen haben. Er wusste nicht, was er dazu sagen sollte, und schwieg umsichtigerweise.

Karlo redete stattdessen: „Sie hat mir gesagt, sie hätte sich in einen Banker verliebt, der in dem Café, in dem sie als Bedienung arbeitet, Stammgast ist. Ihr sei erst jetzt so richtig bewusst geworden, wie sehr sie sich in den Mann verliebt habe. Für sie gibt es kein Zurück mehr, hat sie gesagt. Sie würde jetzt wieder in ihre frühere Wohnung ziehen, die sie noch immer angemietet hat, wie du weißt. Dann hat sie mich gefragt, ob wir trotzdem Freunde bleiben könnten. ‚Wir sind doch zwei erwachsene Leute', hat sie gemeint. Ich war so geschockt! Ich konnte zuerst nicht glauben, was ich gehört hatte. Ich habe ihre Worte für einen blöden Scherz gehalten. Aber weil sie so ernst und entschlossen geredet hat, ist mir schnell klar geworden, dass sie tatsächlich meint, was sie sagt. Ich wollte anfangen, mit ihr zu diskutieren, aber sie ließ mich gar nicht recht zu Wort kommen. ‚Es ist mein Ernst und meine

Entscheidung!', hat sie energisch gesagt. Dann hat sie angefangen, ihre Sachen zu packen. Ich habe natürlich herumlamentiert, auch geschimpft und geschrien. Nichts hat genutzt. Schließlich habe ich gebettelt, sie soll es sich doch noch einmal überlegen, wir wären doch bisher so glücklich miteinander gewesen. ‚Das stimmt, aber das ist jetzt Vergangenheit', hat sie mir ganz trocken darauf geantwortet. Ich habe mich so hilflos gefühlt. Das kannst du mir glauben. Schließlich ist sie mit ihren Koffern gegangen. Ich war so vor den Kopf geschlagen, dass ich nicht einmal darauf gekommen bin, mich ihr in den Weg zu stellen. Ich habe ihr nur nachgeschaut, als sie durch die Wohnungstüre hinausgegangen ist. Dann hat es ‚peng' gemacht. Die Tür war zu. Ich bin allein im Raum gestanden und konnte nicht fassen, was geschehen war. Ich habe mich heute schon den ganzen Tag gefragt, was bei uns falsch gelaufen ist. Was ich falsch gemacht habe und warum ich nicht früher merkte, dass etwas oder vielmehr einer im Busch ist. Lissi hat sich bis dahin nichts anmerken lassen. Ich verstehe das nicht. Ich will es eigentlich auch gar nicht verstehen. Sie soll wieder zurückkommen, das ist alles, was ich will." Er senkte seinen Kopf noch tiefer.

Wolfgang Sperber war von Karlos Worten tief berührt. Noch immer wusste er nicht, was er dazu sagen sollte. Er legte seine Hand kurz auf den Arm des jungen Mannes und schüttelte den Kopf: „Das tut mir sehr leid. Ich weiß nicht, was ich sagen soll. Was du sagst, überrascht mich so, dass ich keine Worte dafür finde. Ich kann verstehen, wenn dich Lissis Verhalten völlig aus der Bahn geworfen hat."

Karlo sah ihn an. In seinen Augen glänzten Tränen, die er offenbar mit viel Energie zu unterdrücken versuchte.

Mit ausgebreiteten Armen und hochgezogenen Schultern sagte er mit gepresster Stimme: „Ich weiß nicht, was ich jetzt tun soll!"

„Vielleicht wäre es gut, wenn du mit Konstanze darüber sprechen würdest?"

„Es hat mir gut getan, mit dir darüber zu sprechen. Danke Wolfgang! Ich muss versuchen, mich wieder zu finden. Dazu brauche ich Zeit. Heute Abend will ich ins Kino gehen. Ich brauche ein wenig Ablenkung."

„Ist gut Junge, du weißt am besten, was für dich gerade notwendig ist. Ich wünsche dir einen guten Abend. Bis morgen", schloss Sperber Anteil nehmend.

Karlo ging mit hängenden Schultern zur Tür. Sperber sah ihm nach und fühlte sich unglücklich, weil er nichts für ihn tun konnte. Gleichzeitig war ihm bewusst, dass es Situationen im Leben gab, die man selbst bewältigen musste. Solche Aufgaben stellten sich jedem Menschen von Zeit zu Zeit.

Als Karlo den Raum verlassen hatte, setzte sich Sperber hinter seinen Schreibtisch und barg sein Gesicht in seine Hände. Nun spürte er seine Erschöpfung. Einige Minuten saß er da und versuchte, wieder Kraft zu gewinnen. Dabei fiel ihm urplötzlich der alte Pennälersatz ein, an den er schon lange nicht mehr gedacht hatte: „Was tun?, sprach Zeus. Die Götter sind besoffen!" Er musste unwillkürlich über seinen Einfall lächeln. Dann wurde er wieder ernst. „Ja, die Götter, oder der eine, müssen verrückt gewesen sein, als sie uns Menschen erschaffen haben. Wir sind so seltsame Wesen und kennen uns doch am allerwenigsten selbst. Wir sind auch verrückt mit unserem Hang, einander das Leben schwer zu machen oder es einander gar zu nehmen."

Kopfschüttelnd stand er auf, zog seinen Mantel an, nahm seine Kopfbedeckung vom Haken und machte sich auf den Heimweg. Aus dem stockdunklen Himmel schneite es wieder heftig. Im Lichtkreis der Straßenlampen wirbelten die Flocken. Sperber schlug seinen Mantelkragen hoch und zog seinen Schal fester. Als er auf den Gehsteig hinunterblickte, sah er, dass der Schnee für Ansbacher Verhältnisse schon sehr hoch lag. „Wie gut, Stiefel anzuhaben!“ Er krempelte die Hosenbeine ein Stück hoch, um den Stoff zu schützen; dann machte er sich auf seinen Heimweg. Der eiskalte Wind durchdrang beim Laufen seinen Mantel. Er ging, so schnell es auf dem schnee- und eisglatten Gehsteig möglich war, in Richtung Innenstadt. In der Neustadt bog er in die Kannengasse ab und sah blinzelnd auf die in gelbliches Licht getauchten Türme von Sankt Gumbertus, in dem der jetzt dicht fallende Schnee deutlich zu sehen war. „Was die beiden jungen Pfarrer wohl gerade machen? Ich habe sie schon längere Zeit nicht mehr gesehen“, ging es ihm kurz durch den Sinn, als er in Sichtweite des Pfarrhauses war.

Sperber stapfte am Stadthaus vorbei und überquerte den fast menschenleeren Martin-Luther-Platz.

Vor der Johanniskirche lenkte er seine Schritte in Richtung des sogenannten Rügländer Viertels. Dabei musste er die Fußgängerbrücke überqueren, von der die Bundesstraße in einem eleganten Bogen überspannt war. Unter ihm Lichterketten der Fahrzeuge. Der letzte Feierabendverkehr quälte sich über die verschneite vierspurige Straße.

Als er schließlich sein Haus erreicht hatte, fühlte sich Sperber richtig durchgefroren.

Wolfgang Sperber wohnte schon sein Leben lang in dem villenähnlichen Gebäude, das im Schein der Straßenlampen nun ziemlich wuchtig vor ihm stand. Sein Vater hatte es gebaut, als die Geschäfte gut liefen. In Ansbach aufgewachsen, liebte der Kommissar dieses Haus und seine Heimatstadt sehr. Nach seiner Heirat und dem Tod seines Vaters lebte seine Mutter, Hermine Sperber, einige Jahre mit ihm, seiner Frau Julia und ihrer Tochter Theresa unter diesem Dach. Eines Tages verkündete sie jedoch, sie wolle in ein neu gebautes Seniorenwohnstift in Ansbach ziehen. Mittlerweile seien alle ihre Freunde und Bekannten dort eingezogen. Zum Erstaunen ihrer Familie sagte sie: „Ich habe mir bereits ein Apartment gebucht." Bevor noch jemand etwas dagegen einwenden konnte, hob sie abwehrend beide Hände: „Die Sache ist von mir seit längerer Zeit gründlich durchdacht. Ich will von euch keine Widerrede hören. Mein Entschluss steht fest und Punktum! Das ist mein letztes Wort."

Wolfgang, von ihr noch immer „Wolfi" genannt, war sofort klar, dass gegen diesen Entschluss seiner Mutter ein „Aber" keinen Bestand haben würde.

Die Zeit, die Hermine Sperber nun in dem Nobelwohnstift zubrachte, hatte im vollen Maß gezeigt, wie gut es tatsächlich für sie war, in diesem komfortablen Haus unter ihren Freunden und Bekannten zu leben. Ab und zu brach sie wie ein Naturereignis über Sperber und seine Frau herein und brachte deren Leben ziemlich durcheinander. Beide waren sich bewusst, dass sich das Zusammenleben mit der Mutter und Schwiegermutter auf Dauer als recht beschwerlich erwiesen hätte. So wie es war, war es gut.

Die Straße war menschenleer, aber unter einem der großen Bäume am Straßenrand entdeckte er zu seiner Verwunderung einen ihm vertrauten Kastenwagen. Er schüttelte den Kopf. „Habe ich jetzt Personenschutz zugeteilt bekommen? Das wäre wohl gewaltig übertrieben." Er beschloss, sich darum im Moment nicht zu kümmern. Morgen würde er deswegen bei der Staatsanwaltschaft nachfragen, was das solle. Müde griff er nach der kalten Klinke des Gartentors.

Vor dem Haus klopfte er den Schnee von seiner Kleidung. Beim Öffnen der Haustüre schlug ihm heimelige Wärme entgegen, dazu der Duft von Essen, das offenbar mit Kräutern und Knoblauch gewürzt war. Aufatmend zog er seinen Mantel aus und hängte seinen Hut an die Garderobe. Julia, seine Frau, kam aus der Küche. Sie umarmte ihn und gab ihm einen Kuss. „Schön, dass du kommst. Wir können sofort essen.“ Dann wandte sie sich schnell um und ging zurück in die Küche.

Als auch Wolfgang Sperber die Küche betrat, traf er seine Frau in einem Zustand an, den er bei ihr nicht gewohnt war. Mit blassem Gesicht und fahrigen Bewegungen erledigte sie letzte Essensvorbereitungen.

„Was ist mit dir? Ist etwas Besonderes geschehen?“

„Das kann man wohl sagen. Nimm bitte das Tablett mit hinüber ins Esszimmer. Ich komme gleich nach. Beim Essen erzähle ich dir, was los ist.“

Sperber nahm das Essenstablett und ging mit einem mulmigen Gefühl voraus. Er stellte es auf dem Tisch ab und verteilte die Schüsseln auf der Platte. Julia kam mit einer geöffneten Flasche Rotwein und Gläsern herein. Beide setzten sich.

„Spann mich bitte nicht auf die Folter. Ich bin nach diesem Tag auch nicht mehr ganz frisch und munter.“

Julia holte tief Luft: „Gut, um es klipp und klar zu sagen: Ich werde bedroht. Vielleicht hast du das große Auto auf der Straße vor unserem Haus bemerkt. Da sitzen Kollegen von dir drin, die mich bewachen sollen. Ein Staatsanwalt hat das angeordnet.“

„Ja um Himmels willen! Wer bedroht dich und warum?“

„In meiner beruflichen Eigenschaft als Gutachterin bei Gericht habe ich vor nicht allzu langer Zeit einen Mann, der kontinuierlich Frauen vergewaltigt hat, für psychisch krank befunden. Das Gericht hat mein Gutachten anerkannt und Sicherheitsverwahrung angeordnet. Dieser Mann hat mich schon vor Gericht heftig beschimpft. Er hat mir die Schuld daran gegeben, dass er in der Psychiatrie einsitzen muss. Er hat damit gedroht, mich umzubringen, wenn es ihm gelingen würde, aus der Sicherheitsverwahrung zu fliehen. Leider kam er dann nicht in eine Einrichtung irgendwo in Bayern, sondern ausgerechnet in die geschlossene forensische Abteilung des Ansbacher Bezirkskrankenhauses. Damit war ich in seiner Nähe. Vorgestern sollte er wegen einer Erkrankung in der Praxis eines Radiologen untersucht werden. Dabei gelang es ihm leider, seinen Aufpassern zu entwischen. Man ist immer noch dabei, danach zu forschen, wie die Flucht, trotz aller Sicherheitsvorkehrungen, gelingen konnte. Aber das ist nicht meine Sache. Ich habe jetzt einfach schreckliche Angst, das kannst du dir wohl denken." Sie sah ihn mit großen Augen an.

Wolfgang Sperber konnte im Moment kaum fassen, was seine Frau ihm erzählte. Die ganze Tragweite des Berichteten kam ihm erst nach und nach ins Bewusstsein.

Er selbst war natürlich ab und zu von einzelnen Ganoven beschimpft und bedroht worden, aber er hatte das nie so ganz ernst genommen und mit den meisten seiner „Kunden" war er bisher auf der menschlichen Ebene ganz gut zurechtgekommen. Das eben Gehörte ließ bei ihm gleich eine Alarmglocke läuten. Hier hatten sie es mit einem psychisch gestörten Mann zu tun, dessen Reaktionen nicht so einfach zu kalkulieren waren.

„Also was du mir erzählst, macht mir Sorge. Kein Wunder, dass du Personenschutz bekommen hast. Ich bin der Meinung, du solltest dir darüber hinaus eine Waffe zulegen. Sicher ist sicher!"

„Daran habe ich auch schon gedacht, aber ich kann mit so einem Ding doch gar nicht umgehen, außerdem habe ich keinen Waffenschein."

„Das stellt beides kein Problem dar. Einen Waffenschein bekommst du in deiner Lage sofort ausgestellt. Damit kannst du dir eine Waffe kaufen. In unserer Übungsanlage wirst du den Umgang damit ganz schnell lernen. Bitte tu das. Ich komme sonst um vor Sorge um dich."

Julia überlegte ein wenig, dann stimmte sie zu: „Gleich morgen werde ich mich darum bemühen, das verspreche ich dir." Sperber ließ sich von seiner Frau noch Einzelheiten der bisherigen Geschichte des Täters beschreiben. Dann beschloss er, sich selbst um eine Pistole für Julia zu kümmern. Sie war froh, dass er ihr dieses ihr fremde Geschäft abnahm.

Sperber wollte auch die Fahndung nach dem psychisch gestörten Mann im Auge behalten. Die Sicherungen an seinem Haus wollte er ebenfalls prüfen, um eventuell für bessere Schlösser zu sorgen und notfalls auch eine Alarmeinrichtung installieren zu lassen.

Während des Essens schilderte Sperber seiner Frau, wie sein Tag verlaufen war. Julia war entsetzt, als sie von dem mysteriösen Mordfall im Schloss erfuhr. Wolfgang Sperber legte ihr seine Gedanken zu diesem Fall dar. „Das Ganze wirkt auf den ersten Blick so, als hätten die beiden Angestellten einen Dieb oder eine Diebin auf frischer Tat ertappt und er oder sie hat einen von ihnen erschlagen. Aber dagegen spricht doch auch wieder dieser merkwürdige Kurzschluss. Es scheint fast so, als hätte es diese Person darauf angelegt, entdeckt zu werden. Dazu würde auch diese makabre Gespenstershow passen. Was Kühnhackl erzählt, klingt zwar recht fantastisch, aber alle, die mit ihm gesprochen haben, erzählten davon, wie angstvoll er dabei gewirkt hat. Er hat sich nach meiner Beurteilung der Berichte nie selbst widersprochen."

Julia wiegte den Kopf: „Die Frage ist: Wo ist das Motiv für die Tat? Immerhin bleibt doch noch ein Verdacht, dass Kühnhackl einen Nebenbuhler aus dem Weg geräumt hat."

„Natürlich, auch damit müssen wir rechnen. Wir werden ihn noch anständig ins Gebet nehmen, das kannst du dir denken."

Die beiden tranken von dem Rotwein und unterhielten sich noch eine Zeitlang, bis sie schließlich sehr müde zu Bett gingen.

Sperber schlief zunächst fest ein. Gegen Morgen träumte er, eine sehr reizvolle, weiß gekleidete Frau begann in einem Lokal einen Flirt mit ihm. Sie lächelte ihn ständig verführerisch an und zeigte dabei ihre wunderschönen Zähne in einem aufregenden Mund. Sperber meinte, sie sprechen zu hören, aber er konnte die Worte nicht verstehen. Sie stand auf und bewegte ihren perfekten Körper dabei geschmeidig, ja lasziv, vor ihm. Dann lud sie ihn mit einer lockenden Geste und verheißungsvoller Miene dazu ein, ihr zu folgen. Er stand ganz verwirrt auf und ging ebenso erregt wie gebannt hinter ihr her. Sie liefen durch das Café direkt auf eine Treppe zum Obergeschoss des Hauses zu.

Dann veränderte sich die Szene plötzlich ziemlich negativ. Unvermittelt begann die vorher so reizvolle Dame damit, Kaffeehaustische umzuwerfen.

Es krachte nur so. Dann drehte sie sich plötzlich zu ihm um.

Sperber blieb verdutzt stehen und wusste nicht, was er jetzt tun sollte.

Als er sie nun ansah, erschrak er heftig. Ihre aufgerissenen Augen blitzten ihn auf einmal in ihrem eisigen Blau gefährlich an.

Sie hatte den Mund geöffnet und zeigte ihm nun ihre langen Raubtierzähne.

Irgendein lautes Geräusch, vermutlich noch eingebaut

in die Traumwelt, war dann doch so alarmierend, dass es seinen Traum unterbrochen hatte. Er vernahm aufgeschreckt das bellende Krachen von Schüssen von außerhalb des Hauses. Im Nu war er aus seinem Bett gesprungen. Mit einer Hand zog er sein Nachtkästchen auf, während er mit der anderen seine Dienstpistole herausholte, die er sicherheitshalber vor dem Schlafengehen dort hineingelegt hatte. Schnell schlüpfte er in die Hausschuhe. Schon halb im Laufen zog er sich seinen immer bereitliegenden Bademantel über. Im Erdgeschoss des Hauses angekommen, schnappte er sich seinen Schlüsselbund, entsicherte die Pistole und sperrte die Haustüre auf. Ein eisiger Luftzug fuhr seine Beine hoch. Er beachtete die Kälte nicht, sondern spähte mit aller Vorsicht durch den Türspalt auf den Weg durch den Vorgarten und weiter zur Straße hin. Die Waffe lag dabei schussbereit in seiner Hand.

Er sah die Gartentüre offen stehen. Jemand hatte sie geöffnet, war vielleicht im Garten oder hinter dem Haus. Er wollte sich schon umdrehen, um vom Wohnzimmerfenster in den Garten zu blicken, da erkannte er im Licht der Straßenbeleuchtung einen ihm bekannten uniformierten Polizisten, der auf die Gartentüre seines Hauses zueilte. Auch er trug eine Pistole in der Hand. Sperber betätigte den Lichtschalter. Dann rief er den Beamten an. Der antwortete: „Herr Hauptkommissar, bleiben Sie bitte in Ihrem Haus. Wir haben einen Mann beobachtet, der – wie es aussah – in Ihr Haus einbrechen wollte. Als er uns sah, hat er sofort aus einer Pistole das Feuer eröffnet. Wir haben zurückgeschossen. Ob wir ihn getroffen haben, wissen wir nicht. Er ist uns jedenfalls vorläufig entwischt. Wir haben Verstärkung gerufen, aber Sie wissen ja, wie schwach wir nachts besetzt sind. Bis die Kollegen kamen, war die Person über alle Berge. Aber keine Angst, wir werden Ihr Haus weiter gut bewachen."

Sperber dankte dem Mann und zog seine Haustüre wieder zu. Er wollte gerade absperren, als Julia die Treppe herabkam. So berichtete er ihr kurz, was geschehen war. Unkontrolliert fing Julia plötzlich an zu zittern. Ihre Zähne schlugen laut aufeinander. Die Kälte im Flur und die Aufregung mochten dafür die Ursache sein. Sperber legte ihr seinen Bademantel um und führte sie in ihr gemeinsames Schlafzimmer. Eng aneinander gekuschelt wurde Julia nach einiger Zeit wieder ruhiger. Schließlich schliefen beide eng umschlungen ein.

Freitagmorgen

Beim Frühstück am nächsten Tag beschwor Wolfgang Sperber seine Frau, das Haus nicht zu verlassen. Er wollte ihr den Antrag auf einen Waffenschein schnell besorgen. Auch eine Waffe würde er für sie gleich am Morgen kaufen. Sollten irgendwelche Einkäufe zu machen sein, so wollte er sie erledigen.

Julia sollte ihre Tochter Theresa von der Situation unterrichten und ihr einschärfen, ebenfalls vorsichtig zu sein. Ausnahmsweise wäre es auch gut, wenn sie ihre Tochter Sofia, das Enkelkind von Julia und Wolfgang, in die Schule brächte und von dort auch wieder abholen würde. Alles nur so lange, bis der gestörte Mann wieder hinter Schloss und Riegel saß. „Sicher ist sicher!“, betonte Wolfgang wieder.

Dann kam ihm eine Idee: „Wie wäre es, wenn du unsere Tochter Theresa und meine Mutter heute Nachmittag zu einem Kaffeekränzchen einladen würdest? Dann wärst du nicht so alleine und ich wäre auch ruhiger.“

„Das ist ein guter Gedanke, Wolfgang! Ich hoffe, die beiden haben Zeit zu kommen.“ Julia war begeistert.

Als Sperber ein wenig später die Tageszeitung aufschlug, blickte er im Lokalteil einigermaßen entgeistert auf einen seitenlangen Bericht mit der reißerischen Überschrift

Mord im Markgrafenschloss!

Darunter etwas kleiner gedruckt:

Hat die Weiße Frau wieder einmal zugeschlagen?

Ein Bericht unseres Chefredakteurs Herbert Mostrich nach dem Gespräch mit den Zeugen des Verbrechens.

„Sieh dir das an!“ Mit Entrüstung in der Stimme hielt Wolfgang seiner Frau die aufgeschlagene Seite hin. Julia, die durch ihre Ausnahmesituation und das Ereignis in der Nacht einen etwas verstörten Eindruck machte, schaute die sensationsmäßig aufgemachte Nachricht betroffen an.

„Ach du Schreck! Was hat sich denn der einfallen lassen? Damit setzt er euch wieder einmal gewaltig unter Erfolgsdruck. Dotzauer wird sicher panisch reagieren, wenn er das sieht. Lass dich von ihm nur nicht verrückt machen!"

„Keine Angst, ich mache mich auf alles gefasst. Ich will das schnell überlesen, bevor ich zur Inspektion gehe."

Sperber vertiefte sich in den Bericht. Der war eine umfassende Reportage, die die Vorfälle des gestrigen Tages minutiös beschrieb. Dann wurde er noch konkreter. Der Redakteur hatte tatsächlich mit Brendel und Kühnhackl gesprochen und ihre Berichte im besten Reporterstil wiedergegeben. Mostrich wusste natürlich auch durch die Pressemeldung der Polizei darüber Bescheid, dass Karl Gerstner erschlagen wurde. Besonders hatte er aber Leon Kühnhackls Erlebnis mit der Weißen Frau herausgestrichen. Dass es sich bei ihr um eine ganz normale Diebin oder einen als Frau verkleideten Dieb gehandelt haben könnte, kam in seinem Artikel eher als eine sehr vage Vermutung vor.

Für Mostrich war klar: Wieder war das jahrhundertealte Gespenst der Hohenzollern auf den Plan getreten. Der Zeitungsmann legte großen Wert darauf zu behaupten, ihr Erscheinen signalisiere Unglück, sowohl für das Adelshaus der Zollern als auch für die Stadt und natürlich für jeden Einzelnen, der ihrer ansichtig wurde. Das sei im Fall von Karl Gerstner ja mehr als augenfällig geworden, behauptete er.

Er zitierte aus nicht näher benannten Unterlagen, dass die Weiße Frau schon einmal im Ansbacher Schloss aufgetaucht sei. Kinder hätten sie dort erblickt. Ihnen sei aber nichts geschehen. Einer Sage nach soll sie dort auch

Kaiser Napoleon erschienen sein und ihn in Angst und Schrecken versetzt haben. Er musste an dieser Stelle allerdings zugeben, dass Napoleon Ansbach niemals besucht hatte. Tatsächlich reklamierte die Stadt Bayreuth diese Geschichte für sich. Am 14. Mai 1812 soll der Franzose in der Bayreuther Eremitage übernachtet haben und dort durch sie eine sehr ungemütliche Nacht erlebt haben.

In Fontanes Roman „Effi Briest" wird ein dort befindliches Porträt erwähnt:

„Es ist dies ein sehr stark nachgedunkeltes Frauenporträt. Kleiner Kopf, mit herben, etwas unheimlichen Gesichtszügen und einer Halskrause, die den Kopf zu tragen scheint. Einige meinen, es sei eine alte Markgräfin aus dem Ende des fünfzehnten Jahrhunderts, andere sind der Ansicht, es sei die Gräfin von Orlamünde; darin sind sich beide einig, dass es ein Bildnis der Dame sei, die seither in der Geschichte der Hohenzollern unter dem Namen der ‚Weißen Frau' eine gewisse Berühmtheit erlangt hat."

Der Vorfall mit Napoleon wird dann folgendermaßen dargestellt:

„Es heißt, dass, als Napoleon hier übernachtete, die ‚Weiße Frau' aus dem Rahmen (des Porträts) herausgetreten und auf sein Bett zugeschritten sei. Der Kaiser, entsetzt auffahrend, habe nach seinem Adjutanten gerufen und bis zu seinem Lebensende von diesem ‚maudit chateau' gesprochen."

Natürlich, wie konnte es auch anders sein, brachte Mostrich sarkastisch seinen Zweifel darüber zum Ausdruck, dass es der Ansbacher Polizei gelingen würde, Licht in das Dunkel dieses Falles zu bringen. „Niemand wird glauben, dass unsere Beamten über die Grenzen ihrer Fantasie hinaus ermitteln werden."

Wolfgang hatte Julia diesen Satz und andere, die

mehr oder weniger unterschwellig gegen die Polizei gerichtet waren, laut vorgelesen.

„Dieses Geschreibsel ist tendenziös und angstmacherisch", urteilte Julia verärgert, „ich möchte nur wissen, was er damit bezwecken will. Immerhin ist die Ansbacher Rundschau doch eine traditionell seriöse Zeitung und nicht die ‚BLÖD-Zeitung'. Ich finde, der Zeitungsinhaber müsste ihn bremsen, wenn er eine solche schlechte Stimmung in der Stadt verbreitet."

Sperber legte das Blatt beiseite. „Was für ein Tagesanfang!", seufzte er, „anscheinend genügt es den Journalisten nicht, uns mit Meldungen über alle möglichen Gräuel in der Welt die Stimmung zu vermiesen. Nein, solche wie dieser Mostrich müssen auch noch ihre bescheuerte Meinung obendrauf setzen."

Julia legte ihm die Hand auf den Arm: „Du, ich glaube, es gibt noch was Schlimmeres und vor allem Wichtigeres. Übermorgen sieht die Welt auch in Ansbach wieder anders aus. Vielleicht habt ihr den Täter schnell gefasst, dann seid ihr wieder die hoch angesehenen Schutzleute dieser Stadt."

„Hoffen wir es!", Wolfgang Sperber erhob sich, „jetzt muss ich gehen. Ich komme im Laufe des Vormittags vorbei und bringe dir die Sachen wie besprochen. Bis dahin, mein Schatz." Er gab seiner Frau einen Kuss, verließ das Haus und machte sich durch den hohen Schnee auf den Weg zu seiner Arbeit.

Pünktlich um neun Uhr trafen sich die drei Kommissare an diesem Freitagmorgen zur „Morgenlage", wie sie ihre morgendliche Besprechung nannten.

Barbara Robertazzi, die Sekretärin ihrer Abteilung, hatte ihnen Kaffee bereitet und stellte die Kanne vor sie auf den Tisch. „Der Mostrich hat wieder voll zugeschlagen!", sagte sie dann in die Runde, „wahrscheinlich wird jetzt jeder Schneemann als Weiße Frau der Hohenzollern angesehen. Macht euch darauf gefasst, dass unser aller Chef an diesem Morgen unter Dampf steht. Ich wünsche euch gute Nerven! Ein paar Plätzchen bringe ich euch noch, von mir selbst gebacken. Meine Plätzchen sind reine Nervennahrung."

„Wie du uns wieder verwöhnst! Danke, liebe Barbara!"

Sperber wandte sich nach diesen Worten seinen beiden Mitarbeitern zu.

„Jetzt geht's los! Karlo, hast du in Sachen Gespenst schon etwas herausbekommen?" Der junge Kommissar hatte einen Stoß Kopien vor sich liegen. Mit bedrücktem Gesicht sagte er: „Gestern Abend bin ich doch nicht mehr ins Kino gegangen. Ich hatte plötzlich keine Lust mehr, alleine auszugehen. Stattdessen habe ich den Historiker Nöthlein angerufen. Der hat mir die Nummer von Michael Möller, einem Kollegen von ihm in Schwabach, gegeben. Möller ist ein Spezialist, der sich besonders mit Karl-Wilhelm-Friedrich, genannt ‚Der Wilde Markgraf', beschäftigt. Er hat schon mehrere Schriften über den Fürsten herausgebracht. Möller war zu Hause und hat mir gesagt, er würde mir sofort Unterlagen zuschicken. Ich habe die Mails noch gestern Abend gelesen, ich hatte ja sonst nichts zu tun. Es hat mich ein wenig abgelenkt. Ich trage euch ein paar Fälle aus den Unterlagen vor. Ihr müsst halt sagen, wenn es genug ist. Also: Um die Weiße Frau gibt es jede Menge gruselige Geschichten. Manche Überlieferungen bezeugen, es handle sich bei dem Gespenst um die verwitwete Gräfin von Orlamünde, die sich in den Nürnberger Burggrafen Albrecht den Schönen verliebt hatte. Der hat sie angeblich auch geliebt. Öffentlich hat er einmal gesagt, dass ihrer Liebe vier Augen im Wege stünden. Die Gräfin glaubte, es handle sich dabei um ihre zwei kleinen Kinder, und ermordete sie grausam, indem sie ihnen Nadeln in die Köpfe stieß. Sie hatte ihre Kinder aber ganz umsonst ermordet. Der Graf hatte mit den vier Augen seine Eltern gemeint."

Karlo wiegte mit altkluger Miene den Kopf: „Ja, ja, so kann man sich täuschen, wenn man nicht miteinander redet. Dennoch hat die Geschichte einen Schönheitsfehler, denn man hat herausgefunden, dass die Gräfin von Orlamünde gar keine Kinder gehabt hat. Selbst ein Grabstein in der Kirche von Großgründlach, der lange als der ihrige angesehen wurde, ist in Wirklichkeit das Grabmal einer Nonne aus dem früheren Kloster dortselbst. Auch ein Grabmal in Himmelkron, das einen Menschen mit Bubikopf zeigt, wurde später als das eines Ritters identifiziert. So geht's!"

Er schaute seine Kollegen an, die ihn ihrerseits erwartungsvoll anblickten. „An eueren Mienen sehe ich, dass ihr auf noch sensationellere Nachrichten aus seid. Die sollt ihr hören. Erscheinungen der Weißen Frau, mit und ohne Gewalt ihrerseits, gibt's genug: Im Jahr 1488 soll sie sich in den dunklen Gängen, Gewölben und Wendeltreppen der Veste Plassenburg in Kulmbach eingebürgert haben. Die Erscheinung hat mit Poltern und Kettengerassel herumgetobt und mehrere Hoffräulein und fürstliche Diener misshandelt. Schließlich soll sie sogar den Koch und den Fourier – ich glaube, der war für die Beschaffung der Verpflegung zuständig – erwürgt haben. Dem damaligen Markgrafen wurde das zu bunt. Er zog nach Bayreuth um. Keine Chance! Das Gespenst zog auch nach Bayreuth. Es soll darüber hinaus in Lauenstein und im Berliner Schloss sein Unwesen getrieben haben. In Berlin soll es 1598 dem Kurfürsten Johann Georg erschienen sein. Acht Tage später war er tot. Einem Oberstallmeister von Burgsdorf bekam der Wunsch schlecht, die Weiße Frau mit eigenen Augen zu sehen. Plötzlich stand er dem Gespenst auf der Treppe gegenüber. Er schrie es an: ‚Hast du noch nicht genug Blut getrunken?' Wortlos fasste das Gespenst den Oberstallmeister beim Hals und warf ihn die Treppe hinunter, sodass sein Wams platzte und die Rippen krachten. Doch ohne weiteren Schaden. Vermutlich war er Sportler oder so ... Wollt ihr mehr hören?" Seine Zuhörer nickten.

„O.k. Von Napoleon habt ihr heute schon in der Zeitung gelesen. Man liest auch, dass sich das Gespenst 1940 weder vor Himmler und der SS noch vor der Wehrmacht gefürchtet hat. Es ist auch dem jungen Prinzen Wilhelm von Preußen erschienen, der gleich danach in Frankreich als Oberleutnant gefallen ist. Ein SS-Führer, der nachts im Berliner Schloss das Gespenst beobachten sollte, wäre am anderen Morgen mit gebrochenem Genick unten an einer Treppe gefunden worden, wird überliefert. Manche Erzählungen wollen darstellen, dass die Weiße Frau handgreiflich werden kann, wenn man sie ärgert. Es gibt noch mehr Geschichten, aber ich will euch nicht langweilen."

Karlo fuhr fort: „Aber jetzt noch eine andere, wichtige Seite der Berichte: Schon in früheren Zeiten haben sich wackere Männer daran gemacht, das Schlossgespenst zu fangen. Einige Beispiele dafür: Als 1540 die Dienerschaft der Plassenburg durch Gerüchte über das Schlossgespenst beunruhigt wurde, legte sich der angeblich unerschrockene Markgraf Albrecht auf die Lauer und verbarg sich dazu im großen Fürstensaal. Um Mitternacht öffnete sich die Tür; eine verhüllte Gestalt bewegte sich langsam durch den Saal. Der kriegerische Fürst sprang vor, umfasste die Gestalt, schleppte sie zur steilen, in den Schlosshof hinabführenden Wendeltreppe und stürzte sie kopfüber hinab. Durch das Getöse wurden die Diener herbeigerufen. Sie hatten Lichter dabei. Unten im Hof lag die Gestalt mit gebrochenem Genick. Es war der Kanzler Straß, bei dem man dann verräterische Briefe gegen den

Markgrafen fand. Also so was. Da war das Gespenst vielleicht dazu gut, einen Verräter aus dem Weg zu räumen. Was meint Ihr?"

Sperber nickte und Konstanze sagte im herrischen Ton einer Markgräfin: „Fahre er fort, Knabe!"

„Gut, gut Ihr gehorsamster Diener, durchlauchtigste Dame, es soll geschehen, wie Ihr befehlt!", Karlo grinste.

„Einige Jahrzehnte vor diesem Vorfall soll das vornehme Fräulein von Rosenau in weiße Tücher eingehüllt durch die Räume gehuscht sein, um dem seit 1515 in der Plassenburg gefangenen Markgrafen Friedrich IV. nächtliche Besuche abzustatten. Hört, hört! Unter König Friedrich Wilhelm von Preußen ist das Gespenst sogar zweimal gefangen worden. Einmal war es ein Küchenjunge, der dann in seinem weißen Geistergewand ausgepeitscht wurde, sodann auch ein Soldat, der zur Strafe auf einem hölzernen Esel reiten musste."

Mit würdigem Gesichtsausdruck, Pathos in der Stimme und großer Geste deklamierte Karlo: „Alsdann, oder so denn, will ich meinen Vortrag mit den poetischen und gleichsam tiefsinnigen Sätzen des Georg Florian, eines Journalisten übrigens ..., beschließen, der sich am Ende seiner Betrachtung über die Weiße Frau zu diesen hehren Worten aufschwang: ‚Mutmaßungen, nichts als Mutmaßungen also, auch Widersprüche, die da am Wegesrand der Erkundungsausflüge zurückblieben. Wohl reizvoll, aber vermessen und vergeblich war es, Geschichte und Sage voneinander trennen zu wollen. Die Weiße Frau gibt ihr Geheimnis nicht preis, und Klio, die Muse der Geschichte, lächelt vielsagend dazu, denn auch die geheimnisvollen Geschichten, die der Volksmund sich bildet, haben ihre eigene Geschichte.'"

Karlo verbeugte sich artig und nahm huldvoll den Beifall seiner Zuhörer hin.

In dem Moment öffnete sich die Bürotüre. Ein fuchsteufelswilder Dotzauer stand im Türrahmen. „Also da hört sich doch alles auf!“, schrie er mit hochrotem Gesicht, „die Stadt steht Kopf wegen eines schrecklichen Mordes und hier wird Theater gespielt! Ich bin entsetzt, zu welchen Späßen sich meine Untergebenen hinreißen lassen, während ich aller Welt mein Haupt hinhalten muss, um zu erklären, warum bei uns keine Fortschritte bei den Ermittlungen gemacht werden. Gute Arbeit sieht anders aus, das sage ich Ihnen. Herr Sperber, dieser Vorfall wird sich in den Akten gar nicht gut machen! Sofort an die Arbeit! Das ist ein dienstlicher Befehl! Nach diesem Wochenende will ich einen Täter dingfest gemacht sehen, sonst rauscht es im Karton, das sage ich Ihnen dreien. Wir sind doch hier kein Zirkus!“

Ohne eine Erwiderung abzuwarten, wandte er sich um und lief, immer noch laut schimpfend, den Gang zu seinem Büro hinunter. Neugierig linsten die Kollegen der anderen Abteilungen aus ihren Türen. Der Auftritt Dotzauers hatte ein teils schadenfrohes, teils humorvolles Gelächter hinter der vorgehaltenen Hand zur Folge. Die Wortwahl des Polizeidirektors war wirklich köstlich und würde noch einige Zeit die Runde im Haus machen. „Wir sind doch hier kein Zirkus .... Das hier ist ein Zirkus! Wer ist dann aber was? ... Hier wird Theater gespielt! Alles was Dotzauer schrie, war sehr nahe an der Wahrheit ...! Und: Heute war er nah dran, Feuer zu speien!“

Die drei so sehr gescholtenen Kommissare aber waren zunächst wirklich erschrocken und betroffen gewesen, fingen sich dann aber schnell wieder und blinzelten sich wie bei einem frechen Streich ertappte Schulkinder zu. Sie flüsterten sich manches zu und kicherten noch eine Weile.

In diese Stimmung schrillte das Telefon.

Konstanze nahm ab. Als sie hörte, dass Gottfried Arpogaus am anderen Ende war, stellte sie den Lautsprecher an, damit die anderen mithören konnten. „Ich will nur einen Zwischenbericht geben", begann der Kriminaltechniker, „zunächst die gute Nachricht: In einem alten Schürloch haben wir die mutmaßliche Tatwaffe gefunden. Es ist ein antikes, kantiges Stuhlbein, das wahrscheinlich abgebrochen in einem der Räume gelegen hatte. Das genaue Alter wird gerade von einem Stilexperten bestimmt. Ihr bekommt das Ergebnis wie auch die anderen von mir schriftlich. Wir fanden an dem Stück keinerlei Hinterlassenschaften des Täters. Ist bei Gespenstern so üblich", fügte er launig hinzu.

„Auch sonst viel zu viele Haare, Hautschuppen, sozusagen immer und überall, in allen Räumen. Wenig Chancen, die richtige Spur zu finden. Wir werden natürlich trotzdem alles ordentlich dokumentieren. Vielleicht haben wir doch Glück. So weit mein Bericht. Vermutlich wisst ihr bereits, dass das SEK gestern Abend abgezogen ist, ohne den Täter oder eine Spur von ihm gefunden zu haben. Es ist alles so gespenstisch!", rief er noch theatralisch, „huhu, ich bin ein Geist ...!" Damit legte er auf.

„Alberner Kerl!", Sperber schüttelte mit gespielt empörtem Gesicht den Kopf. Die anderen beiden schlossen sich ihm feixend an.

„So, Schluss mit Theater! Die besten Schauspieler sind schon abgegangen. Ich muss nachher zur Obduktion von Karl Gerstner. Ihr beiden macht euch bitte an eure Arbeiten. Um dreizehn Uhr treffen wir uns noch einmal hier. Bestimmt hat sich bis dahin einiges Neue ergeben. Bevor ihr aber geht, will ich euch noch etwas in eigener Sache sagen."

Er unterrichtete Konstanze und Karlo über die Bedrohung seiner Frau durch einen psychisch Gestörten. Beide reagierten auf die Nachricht überrascht und sehr besorgt. Sperber erklärte ihnen, dass er infolge dieser Situation nun einige Einkäufe tätigen musste. Verständnisvoll und bedrückt verließen die beiden Kommissare das Büro ihres Chefs.

Sperber sah seinen Kollegen nachdenklich hinterher. Karlos Zustand machte ihm Sorgen. Es lag für ihn offen zu Tage, dass der junge Mann während der Besprechung seine Trauer über die Trennung von seiner Freundin durch scheinbar gute Laune und Betriebsamkeit zu übertünchen versucht hatte.

Er nahm sich vor, mit Aufmerksamkeit den Fortgang von Karlos Zustand zu beobachten.

Julia hatte Wolfgangs Einfall mit dem Kaffeekränzchen genial gefunden.

Gleich nachdem er gegangen war, rief sie ihre Tochter Theresa an. Zunächst unterrichtete sie diese über die Bedrohung, der sie plötzlich ausgesetzt war, und gab die Ratschläge ihres Vaters an sie weiter.

Theresa war über die Nachricht sehr erschrocken. Natürlich würde sie Sofia heute in die Schule begleiten und auch wieder abholen. „Was kann ich für dich tun?", fragte sie ihre Mutter.

„Du könntest mich zum Beispiel heute Nachmittag besuchen und mit mir Kaffee trinken", schlug Julia vor.

„Au ja, fein! Das tue ich gerne! Vielleicht gibt es einen guten selbst gebackenen Kuchen?"

„Natürlich, das ist doch Ehrensache. Ich werde auch Hermine zu unserem Kränzchen einladen. Ich hoffe, sie kann sich Zeit nehmen bei all ihrem Seniorenstress."

„Das hoffe ich auch; es wird Zeit, dass ich sie wieder einmal sehe. Wenn ich Sofia am späteren Nachmittag aus der Schule abhole, kann sie die ‚Uri' sicher auch noch begrüßen."

„Gut! Mit der Einladung schlage ich zwei Fliegen mit einer Klappe. Oh, entschuldige! Nicht dass du denkst, ich meine dich und deine Oma mit dieser Redewendung. Ich will sagen, die Vorbereitungen auf euer Kommen werden mich ablenken und dann verbringe ich den Nachmittag auch noch in eurer Gesellschaft, das gibt mir das Gefühl von Geborgenheit. Nachher rufe ich gleich deine Großmutter an und lade sie ein, sonst ist sie bestimmt schon wieder in irgendeinem Alten-Event versumpft und nicht mehr erreichbar. Auf jeden Fall sehen wir beide uns später."

Mutter und Tochter machten noch den Zeitpunkt ab, dann legte Julia den Hörer auf, um ihn gleich wieder abzuheben und neu zu wählen. Hermine Sperber war sofort am Telefon, kaum dass es einmal geläutet hatte. Wie gewohnt klang ihre Stimme munter und ein klein wenig gebieterisch: „Hier Hermine Sperber. Wer spricht?"

„Julia, deine Schwiegertochter, spricht! Hallo Hermine, ich wünsche dir einen guten Morgen!"

Sofort wurde die Stimme weicher und klang einen Ton höher: „Das ist eine schöne Überraschung! Julia, meine Gute, was ist los? Ist alles in Ordnung bei euch?"

Julia schluckte bei dieser Frage und merkte einen Kloß im Hals. „Na ja, nicht alles." Und dann erzählte sie ihrer Schwiegermutter die Sache mit ihrer Bedrohung.

„Ich komme natürlich!", sagte Hermine Sperber energisch, „nichts ist mir wichtiger als meine Familie! Ich werde dich heute Nachmittag gut bewachen und mich dabei an deinem herrlichen Kuchen und an deinem, über die Grenzen Ansbach hinaus, berühmten Kaffee laben." Der letzte Satz hatte schon wieder schelmisch geklungen. Zuvor hatte die betagte Frau entsetzt den Atem angehalten, als ihr die möglichen Konsequenzen der schrecklichen Situation ihrer Schwiegertochter bewusst geworden waren.

Julia erklärte: „Wir werden bewacht. Vor dem Haus lauern Kollegen von Wolfgang. Außerdem will mir mein treu sorgender Gatte noch heute Morgen eine Waffe bringen. Ich hoffe, ich muss so ein Ding niemals in meinem Leben benutzen."

Sie machten noch den Zeitpunkt des Treffens aus. Hermine Sperber würde sich mit dem Taxi zu Julia bringen lassen.

Nachdem Julia schon von Bedenken geplagt gewesen war, den ganzen Tag alleine im Haus herumsitzen zu müssen, von allen möglichen Ängsten und Bedenken umzingelt, konnte sie sich nun auf den Besuch freuen. Indem sie gleich anfing, eine Torte zu backen, waren ihre Gedanken bereits abgelenkt. Sie entschied sich für eine Schokoladensahnetorte.

Einige Zeit später kam Wolfgang, der gleich nach der Morgenbesprechung angefangen hatte einzukaufen. In einem Waffengeschäft am Ort hatte er nach Vorlage seiner Ausweise eine Pistole und Munition gekauft. Nach längerer Beratung mit dem Verkäufer und dem ausgiebigen Prüfen verschiedener Modelle fiel die Wahl auf eine Walther PPK. Das war eine sehr kleine Pistole, die gut in eine Handtasche passte. Als Rückschusslader mit Spannabzug war sie eine leichte und zuverlässige Waffe. Als Polizeiwaffe aber war sie besonders auf Grund ihrer geringen Magazinkapazität von nur sieben Patronen heute überholt. Sperber hatte sie früher trotzdem gerne getragen und war überzeugt davon, dass sie bei Polizei und Sicherheitskräften da und dort immer noch im Einsatz war, eben wegen der angenehmen Tragbarkeit auch unter der Kleidung.

Anschließend kaufte er noch Lebensmittel und einen Strauß Blumen.

Er überreichte Julia in der Küche die Blumen. Dafür bekam er einen Kuss. Dann schleckte er ein wenig von der Schokoladenfüllung und bekam dafür einen Patsch auf die Hand. „Gieriges Schleckermäulchen! Du bekommst schon was davon, aber jetzt darfst du mir nicht alles wegessen."

„Schau, was ich dir mitgebracht habe!" Er holte aus einer Plastiktüte den Karton mit der Pistole. Julias Begeisterung hielt sich in Grenzen. „Und du meinst, ich kann damit wirklich schießen, wenn es darauf ankommt?", fragte sie mehr sich als ihn skeptisch.

„Klar, du wirst dir einen Killerinstinkt antrainieren", antwortete Wolfgang scherzhaft. Dann wurde er ernst: „Meinst du, diese Frage bewegt nicht auch uns, die wir aus beruflichen Gründen solche Dinger mit uns herumtragen? Aber mal ohne Flachserei, du wirst das in unserem Schießkino in den nächsten Tagen üben. Die Pistole wird dir dabei vertraut werden. Glaub mir, ich spreche aus Erfahrung."

Jetzt war Julia doch neugierig geworden: „Ist die geladen?"

„Nein, ich zeig dir gleich, wie das geht." Er holte die Schachtel mit der Munition heraus und zeigte ihr, wie die Patronen eingelegt wurden.

„Heute Abend werden wir das üben. Jetzt will ich dir nur noch erklären, wie man die Waffe scharf macht." Er erklärte ihr auch diese Handhabung. Dann gab er sie ihr in die Hand, zeigte ihr das Zielen und die Funktion des Abzuges.

Julia hatte sehr konzentriert mitgemacht: „Ich werde sie erst einmal hier in der Küche deponieren", sagte sie nachdenklich, „meine heutigen Besucherinnen sollen sie nicht in die Hände bekommen. Wer weiß, was die damit anrichten würden, besonders deine Mutter!" Bei diesen Worten grinste sie breit. Wolfgang spielte das Spiel mit: „Schaff sie bloß beiseite! Meine Mutter hat den Killerinstinkt bereits." Beide lachten.

„So, jetzt muss ich allerdings gleich wieder gehen", seufzte Wolfgang, „wie gerne würde ich euer Kaffeestündchen mitmachen!" Er verabschiedete sich und ging wieder hinaus. Vor dem Haus grüßte er seine wachsamen Kollegen mit einem kurzen Winken.

Zur abgemachten Zeit fuhr das Taxi mit Hermine Sperber vor. Sie bezahlte den Fahrer und ging vorsichtig, sich auf ihren schwarzen Spazierstock mit dem schweren Silberknauf stützend, durch den Schnee zum Gartentor.

Der Stock war so etwas wie ihr Markenzeichen geworden. Ob sie ihn wirklich immer brauchte, war dahingestellt, aber sie fand, er gab ihr eine gewisse Würde.

Kurz vor dem Tor wurde sie von einem jungen Mann eingeholt, der ihr seinen Ausweis vor die Nase hielt. „Polizei. Bitte weisen Sie sich erst aus. Vorher darf ich Sie das Grundstück nicht betreten lassen." Verständnisvoll kramte Hermine Sperber in ihrer Handtasche, zog ihre Ausweispapiere heraus und hielt sie dem Polizisten in Zivil hin. „Ich bin Hauptkommissar Sperbers Mutter und will meine Schwiegertochter besuchen", bemerkte sie nicht ohne Stolz.

„Bitte entschuldigen Sie, Frau Sperber, aber wir wurden angewiesen, dieses Haus streng zu bewachen. Ich bitte Sie um Verständnis."

„Sie haben mein vollstes Verständnis, junger Mann", entgegnete ihm die alte Frau, „wissen Sie, mir ist ebenfalls sehr daran gelegen, dass meinen Leuten nichts passiert. Gut, dass Sie da sind!"

Der Beamte nickte freundlich und ließ sie passieren.

Nachdem sie von Julia mit einer Umarmung begrüßt worden war, läutete es wieder an der Haustüre. Draußen stand eine etwas verlegene Theresa. Neben ihr der Beamte von vorhin. „Ich kann mich nicht ausweisen, hab den Ausweis zu Hause vergessen. Der Mann will mir nicht glauben, dass ich deine Tochter bin", sagte sie und zog dabei eine komische Grimasse.

„Na, dann will mal nicht so sein", witzelte Julia, „Herr Polizist, ich erkenne diese schöne Frau als meine Tochter an. Sie darf nähertreten!"

Der Polizist nickte lächelnd: „Na dann! Kommen noch mehr?"

„Später holt meine Tochter mein Enkelkind von der Schule ab, dann sind wir komplett. Wann mein Mann nach Hause kommt, das wissen die Götter. Aber den kennen Sie wahrscheinlich."

„Ja, natürlich kenne ich Herrn Hauptkommissar Sperber", erklärte der Beamte beflissen. Dann nickte er, drehte sich um und ging auf den grauen Kastenwagen auf der anderen Straßenseite zu.

Jetzt war endlich Gelegenheit, Theresa zu begrüßen, das taten die Frauen dann auch ausgiebig. „Kommt herein, setzt euch. Ich bin so froh, dass ihr beide da seid. Der Kaffee ist schon fertig. Die Torte bringe ich sofort." Während die beiden im Esszimmer Platz nahmen, eilte Julia in die Küche und holte die schön verzierte Schokoladensahnetorte.

Inzwischen hatten sich ihre Gäste schon mit Kaffee versorgt und waren in einem intensiven Gespräch. Julia stellte die Torte auf den Tisch.

„Ich muss nur noch das Tortenmesser holen, dann bin ich ganz bei euch", sagte sie.

In diesem Moment hörten sie vom Wohnzimmer her ein Splittern und Krachen. Alle drei waren wie erstarrt vor Schreck. Dann schrie Julia: „Theresa, hol die Polizisten!" Ihre Tochter war bereits aufgesprungen und eilte zur Tür.

Hermine Sperber war ebenfalls aufgesprungen. Mit entschlossener Miene packte sie ihren Spazierstock mit beiden Händen. Julia dachte kurz an die Pistole in der Küche. Es war viel zu spät, sie noch zu holen. Stattdessen fasste sie die Platte mit der großen Torte darauf und ging damit zur Zimmertüre. Die beiden Frauen stellten sich nun zitternd vor Aufregung rechts und links von der Türe auf. Hermine Sperber hatte ihren Stock schlagbereit erhoben.

Die Zimmertüre wurde von außen vorsichtig geöffnet. Zwei Hände, die einen großen Revolver hielten, ragten plötzlich ins Zimmer. Hermine Sperber zögerte keine Sekunde. Sie schlug mit aller Kraft zu und traf die Arme des Einbrechers.

Die Pistole flog in den Raum. Julia setzte sofort nach, warf sich mit ihrer Torte nach vorne und klatschte sie mit einem lauten Schrei dem Mann vor ihr ins Gesicht.

Der wollte wohl auch schreien, das war ihm aber mit einem Mund voller Schokosahne schlecht möglich.

Sein Kopf war im Moment hinter der Sahne verschwunden. Er wischte sie hastig mit beiden Händen von seinem Gesicht und versuchte, seine Augen frei zu bekommen.

Nun aber waren schnelle Schritte von der Haustüre her zu hören. Der Mann wurde von hinten gepackt und lag rasch auf dem Boden. Ein Polizist legte ihm geschickt die Handschellen an und drehte ihn zu sich um. Der vor ihm Liegende war noch immer über und über mit Sahne verschmiert. Als der Beamte die Bescherung sah, fing er an, hellauf zu lachen. Sein Kollege fiel in das Lachen ein. „Das glaubt uns niemand!", japste der eine. „Das ist ja wie in einer Slapstickkomödie", wieherte der andere, „Frauenpower, wie sie im Bilderbuch steht!"

Jetzt begannen auch die drei Frauen, etwas hysterisch zu lachen. Mit dem Lachen lösten sich aber auch bei ihnen die extreme Anspannung und das große Entsetzen, das sie zu ihren Taten befähigt hatte – und der Mann lag wie ein begossener Pudel in ihrer Mitte. Er wurde ausgelacht.

Von zwei Frauen erledigt – einfach beschämend!

Als sich alle wieder einigermaßen beruhigt hatten, sagte der eine Polizist grinsend zu Julia: „Ich hoffe, das war kein verspäteter Gast von Ihnen." Und dann ernst werdend: „Kennen Sie diesen Mann?"

Julia hätte diesem im Moment vor Abscheu am liebsten nicht ins Gesicht gesehen. Selbst unter der Sahne- und Schokoladenschmiere erkannte sie ihren Klienten wieder. „Ja, das ist Mike Schnell. Er hat mir vor Gericht schon gedroht, sich an mir zu rächen, weil ich ihm seine psychische Krankheit bescheinigt habe. So viel Dummheit ist mir noch nie vorgekommen! Bricht mit großem Krach in ein Haus ein, das von der Polizei bewacht wird."

Der eine Beamte schüttelte seinen Kopf.

„Du, das war vielleicht gar nicht so dumm", wandte der andere ein, „er konnte den Schreck der Frauen ausnutzen und sie in seine Gewalt bringen. Stell dir vor, wir hätten jetzt eine Geiselnahme von drei Frauen. Noch dazu von einem psychisch angeknacksten, notorischen Vergewaltiger. Nicht auszudenken!"

Zu den bleich herumstehenden Frauen sagte er: „Bitte lassen Sie jetzt alles so stehen und liegen, wie es ist. Nachher kommt der Erkennungsdienst und wird alles untersuchen. Auf Wiedersehen!"

Die beiden Polizisten zogen Mike Schnell hoch und nahmen ihn resolut in ihre Mitte. Der Einbrecher bedachte Julia mit mörderischen Blicken.

„So Freundchen, wir müssen das Kaffeekränzchen jetzt leider verlassen", sagte einer der Polizisten launig, „die Damen waren so nett zu dir. Sie haben dir die schwere Pistole abgenommen und dich mit einer wunderbaren Schokosahnetorte beglückt. Es hat nur noch der heiße Kaffee gefehlt." Ohne sich zu wehren, ging der Gefangene zwischen ihnen, aber an der Haustüre wandte er sich nochmals schnell zu Julia um und zischte: „Eines Tages gelingt es mir, dann wirst du all das büßen, du Schlampe!"

Ein heftiger Stoß eines Polizisten ließ ihn straucheln. Unsanft wurde er dann von den beiden Beamten zu ihrem Auto gebracht. Einer von ihnen unterrichtete die Zentrale in der Inspektion, immer noch von seinem eigenen Lachanfall unterbrochen, von dem Vorfall und bat um Abholung des Mannes.

Der gefesselte Mann im Innern des Polizeiautos beobachtete ihn. Hätten Blicke töten können, wäre der Polizist während des Telefonats tot umgefallen. Der Einbrecher fing dann an, mit seinem Kopf vor Wut heftig an den Vordersitz zu schlagen, so lange, bis ihn der neben ihm sitzende Beamte energisch davon abhielt. Nicht lange danach fuhr ein Krankenwagen heran. Drei kräftige Pfleger des Bezirkskrankenhauses nahmen den Häftling in Empfang und fuhren mit ihm weg.

Im Haus standen die drei Frauen zunächst immer noch geschockt um die Reste der Torte herum, bis Julia plötzlich breit grinsend sagte: „Die schöne Torte!" Jetzt klang das Lachen, das geradezu eruptiv aus den Bäuchen der drei hervorstieg, anders als vorher. Es war ein befreites Lachen, das schließlich in ein Weinen überging, bei dem sich alle drei fest umarmten.

In dieser Haltung fand Wolfgang Sperber sie vor, als er hastig die Tür seines Hauses aufsperrte. Erschrocken lief er gleich zu seinen „Herzensdamen" hin und fing an, sie zu trösten. „Ihr habt das wunderbar gemacht! Alle, die von euerer Tat hören, sind begeistert. Der Bursche wird es in der Bezirksklinik nicht leicht haben, wenn bekannt wird, wie ihr ihn überwältigt habt. Den Spott möchte ich nicht ertragen müssen!"

Dann führte er die Frauen sorgsam an den Resten der Torte vorbei zu ihren Stühlen am Esstisch und ließ sie Platz nehmen.

„Der Kaffee ist noch heiß. Gleich wird Karlo mit einer guten Torte von Bäcker Brandenburg erscheinen, dann könnt ihr euer Kränzchen genussvoll fortsetzen. Ich werde hierbleiben und mich daran beteiligen."

Wolfgang Sperber erklärte weiter: „Der Mann hat offenbar eine Gelegenheit benutzt, in der eure beiden Wächter in ihrem Auto saßen. Er hat sich dem Haus von hinten genähert und ist über die Terrasse eingebrochen. Wahrscheinlich wollte er die Überraschung ausnutzen und euch als Geiseln nehmen, vermute ich zumindest. Dieser Vorfall hätte schlimm ausgehen können, aber ihr ward unglaublich geistesgegenwärtig. Mit eurem Einfallsreichtum hat er nicht gerechnet. Ihr seid ein perfektes Team!"

„Das finde ich auch, besser gesagt, das fand ich schon immer!", stimmte Hermine Sperber ihrem Sohn zu.

Es dauerte nur kurze Zeit, dann läutete es an der Haustüre. Draußen stand Karlo mit einer Schokoladentorte in den Händen. Neben ihm eine strahlende Konstanze, die es sich nehmen ließ, die drei Heldinnen zu beglückwünschen und freudig zu umarmen.

Sie waren nicht allein. Gottfried Arpogaus war mit seinen Leuten ebenfalls angekommen. Die „Spusi" wollte den Vorfall ordentlich erfassen und dokumentieren. Sperber zeigte ihnen den Eingang zum Wohnzimmer. Sie gingen an ihnen vorbei.

Julia lud Konstanze und Karlo ein: „Kommt herein, ihr beiden, wir können diese riesige Torte unmöglich alleine aufessen." Das Kränzchen geriet zu einer kleinen Siegesfeier.

Vom daneben gelegenen Wohnzimmer hörten sie, wie die Leute vom Erkennungsdienst ihre Arbeit taten, aber davon ließen sich die sechs nicht stören.

Mitten in das heitere Geplauder hinein sagte Wolfgang Sperber plötzlich mit ernster Stimme: „Ich will euch von einem seltsamen Vorkommnis berichten, das mir mein alter Schulfreund Albrecht Brandenburg heute Morgen erzählt hat, als ich bei ihm zum Einkaufen war."

Die Bäckerei von Albrecht Brandenburg und seiner Frau Paula war ein schon seit der Zeit der letzten Markgrafen eingeführtes Geschäft, also eine richtige Institution in der Stadt.

Ihr derzeitiger Meister war ein Original. Er war aber auch ein Idealist, dem es in erster Linie auf die Qualität seiner Waren ankam. Obwohl der Laden täglich von Kunden gestürmt wurde, weigerte sich der Bäcker, ihn zu vergrößern. „Wenn nichts mehr da ist, dann ist eben nichts mehr da. Ich habe keine Lust, aus meinem Geschäft einen Supermarkt zu machen." Der Qualität wegen hatte er seine Erzeugnisse seit einiger Zeit auf Biozutaten umgestellt. Weil er sich mit einem Kollegen von außerhalb Ansbachs gut verstand, tauschten sich die beiden immer wieder über ihre Arbeitsmethoden aus. Dieser Bäcker, der seine Werkstatt in der Nähe von Lichtenau betrieb, verkaufte nur auf den Wochenmärkten in Orten der Umgebung. Er war ebenfalls ein Idealist, dem Qualität vor Quantität ging.

Aus finanziellen Gründen hätte Brandenburg eigentlich nicht mehr arbeiten müssen. Die Generationen vor ihm hatten ihm genügend hinterlassen, um ihm und seiner Familie ein gutes Leben im Ruhestand zu sichern. Der große Häuserblock in bester Lage der Innenstadt, in dem sich auch sein Geschäft und seine Wohnung befanden, gehörte ihm ebenfalls zu drei Vierteln.

Der vierundfünfzigjährige Mann war jedoch ein Bäcker aus Leidenschaft, der es ohne seinen Beruf nicht ausgehalten hätte. Seine Frau Paula passte in dieser Hinsicht ausgezeichnet zu ihm. Sie liebte ihr Geschäft. Der Kontakt zu den Kunden war ihr Lebenselixier. Das Ehepaar hatte zwei erwachsene Kinder, einen Sohn, den zweiundzwanzigjährigen Florian, und eine Tochter mit

Namen Luisa, die neunzehn Jahre alt war. Florian wollte Bäcker werden wie sein Vater. Luisa studierte Theologie im benachbarten Neuendettelsau.

Sperber fing an zu erzählen:
Bäckermeister Albrecht Brandenburg hatte seine Arbeit in der Backstube an diesem Freitagmorgen um kurz nach drei Uhr mit dem Ansetzen verschiedener Teige begonnen. Nach und nach waren auch seine Mitarbeiter dort eingetroffen. Um acht Uhr machte er seine Frühstückspause. Inzwischen waren das frische Brot, die Brötchen und die anderen Backwaren bereits im Laden. Sie hatten pünktlich geöffnet und die ersten Kunden waren schon beim Einkaufen. Brandenburg hörte das an der Ladenglocke, die immer wieder klingelte. Nachdem er genüsslich gegessen hatte, würde er die weiteren Arbeiten in der Werkstatt überwachen. In diesen Wochen vor Weihnachten waren Lebkuchen, Stollen, Plätzchen und anderes Saisongebäck sehr gefragt. So nahm die Arbeit täglich zu. Das anhaltende Winterwetter versetzte die Menschen in weihnachtliche Stimmung und dazu gehörten nun einmal all die feinen Sachen. Ausgerechnet jetzt musste sein Sohn Florian an einem Meisterkurs teilnehmen. Er fehlte sehr in dieser arbeitsreichen Zeit. „Wer nur die Idee hatte, den Kurs gerade jetzt anzusetzen?"

Zu den Gewohnheiten von Brandenburg gehörte das morgendliche Lesen der Ansbacher Rundschau. Als er an diesem Tag den regionalen Teil seiner Zeitung durchblätterte, schlug ihn der Artikel über den Mord in der Residenz und das Erscheinen der Weißen Frau sofort völlig in seinen Bann.

Als geborener Ansbacher war er brennend an allem interessiert, was sich in seiner Heimatstadt abspielte. Dieser Fall war für ihn nun wirklich eine Sensation. Zum einen war die Residenz nur einen Katzensprung von seinem Geschäfts- und Wohnhaus entfernt und zum anderen wusste er, dass seine Familie Wurzeln im Haus Hohenzollern hatte. Einer seiner Vorfahren hatte sich vor langer Zeit entschieden, aus reiner Liebe eine Bürgerliche, die Witwe eines Bäckers, zu ehelichen. Das war für den Adel in diesen Tagen Anlass genug, ihn von der Familie auszuschließen.

Unter dem Motto „Essen geht immer!“ hatte dieser Urahn im Einklang mit seinem Liebesglück nach Lehr- und Gesellenjahren Zugang zur Bäckerzunft gefunden. Später konnte er den Betrieb der Witwe übernehmen. Großzügigerweise hatte ihm der damalige Markgraf Alexander die Erlaubnis erteilt, sein Gewerbe in der Stadt ausüben zu dürfen.

Der Vorfahre hatte seinen ursprünglichen Namen, auch zum Zeichen, dass er nicht mehr zu den Zollern gehören wollte, amtlich in „Brandenburg“ ändern lassen. So war wenigstens noch ein kleines bisschen von der Tradition des Hauses der Markgrafen von Brandenburg-Ansbach geblieben.

Albrecht Brandenburg war sich natürlich all dessen bewusst. „Nun soll also das alte Familiengespenst wieder aufgetaucht sein. Die Weiße Frau, der Schrecken der ganzen damaligen Verwandtschaft.“ Er schüttelte ungläubig den Kopf. Brandenburg glaubte als gestandener Pragmatiker nicht an Spuk. Er war also überzeugt, dass es sich bei der Erscheinung um einen Einbrecher gehandelt haben musste. Mit großer Aufmerksamkeit studierte er den Artikel weiter und nippte dabei immer wieder an seiner Kaffeetasse. Zwischendurch biss er auch in das köstliche Hörnchen, das er sich heute für sein Frühstück reserviert hatte.

Er hatte die Seite fast fertig gelesen und bedauerte gerade seinen Schulfreund Wolfgang Sperber, der durch diese Angelegenheit bestimmt ganz schön unter Druck geraten war. Da hörte er vom Flur her einen lauten Schrei, darauf ein Gepolter und dann Stille.

Er war aufgeschreckt: „Da ist etwas passiert!" Sofort sprang er auf und öffnete schnell die Tür des Esszimmers. Vom Kellerabgang her drangen ein lautes Weinen und Schluchzen an sein Ohr. Brandenburg lief mit vor Schreck ganz weichen Knien in die Richtung des Jammerns. Am Fuß der Kellertreppe sah er die zusammengekrümmte Gestalt seiner Hausgehilfin Marion Birklein. Offenbar war sie die Treppe hinabgestürzt und hatte sich dabei verletzt. Der Bäcker rannte die Treppe hinunter. „Marion, was ist los? Hast du dich verletzt?"

Unter Schluchzen antwortete sie: „Jemand hat mich die Treppe hinabgestoßen. Ich glaube, mein Bein ist gebrochen."

Inzwischen war Brandenburgs Frau aus dem Laden gekommen und ebenfalls die Treppe heruntergeeilt. Sie stand händeringend neben ihm und der Verletzten.

Auch Bernd Schüssler, einer der Bäckergesellen, hatte den Krach gehört und war herbeigeeilt. Er bückte sich zu dem am Boden liegenden Mädchen hinab: „Komm Marion, ich heb dich auf." Er fasste sie unter dem Arm und versuchte, sie hochzuziehen, aber sie wehrte sich und schrie: „Aua, du tust mir weh!" Gleich ließ er sie wieder los.

Brandenburg holte sein Mobiltelefon aus der Tasche: „Ich rufe einen Arzt. Wenn du dir etwas gebrochen hast, müssen wir vorsichtig sein."

Er achtete nicht auf das Jammern des Mädchens, das keinen Arzt wollte, sondern wählte entschlossen die Notrufnummer.

Paula Brandenburg nutzte die Zeit, um der jungen Frau beruhigend über den Kopf zu streicheln und ihr Mut zuzusprechen.

Marion hob den Kopf zu ihr und jammerte: „Ich bin

nicht gestolpert oder so, jemand hat mich heruntergestoßen!"

„Aber ich bitte dich, wer sollte dich denn mit Absicht die Treppe hinabgestoßen haben?"

„Auch wenn Sie mir nicht glauben, Meisterin, es war so! Ich wollte gerade Kartoffeln für das Mittagessen aus dem Keller holen und war eben dabei, die Treppe hinabzusteigen. Plötzlich stand eine alte Frau neben mir. Ich hatte nicht gehört, dass sie gekommen war. Sie muss richtig geschlichen sein. Ich habe sie genau gesehen. Sie war ganz in Weiß gekleidet. Ihr Gesicht war auch so unheimlich grauweiß. Das Schlimmste aber waren ihre Augen. Stechend blaue Augen, ganz dick schwarz umrandet. Ich bin so erschrocken von diesem entsetzlichen Anblick, dass ich glaubte, mir bleibt das Herz stehen. Ich bekam eine große Angst. Sie hat mich voller Hass angeschaut. Die hatte einen mörderischen Blick!"

Marion schauderte: „Ich bekam von ihr einen festen Stoß. Da verlor ich das Gleichgewicht und bin die Treppe hinuntergestürzt. Hier an der Wand habe ich mir den Kopf angeschlagen, in meinem Bein hat es geknackt, dann hat es furchtbar wehgetan. Bestimmt ist es gebrochen! Es tut mir immer noch so sehr weh!" Gleich begann Marion wieder zu weinen.

Brandenburg wandte sich seinem Gesellen zu: „Komm, wir suchen das ganze Erdgeschoss ab. Die Frau muss doch noch hier sein. Eine alte Frau kann sich nicht so schnell in Luft auflösen. Ruf die Karin und den Frieder aus der Backstube. Sie müssen uns suchen helfen. Ich gehe oben links. Du und die anderen, ihr sucht die Räume auf der rechten Seite ab. Ins Obergeschoss kann sie nicht kommen, die Türe ist abgesperrt."

Die beiden Bäcker rannten die Treppe hoch. Während Brandenburg auf die Türen seiner Gangseite zulief, läutete es an der Haustüre. Als er öffnete, standen zwei

Sanitäter mit einer fahrbaren Trage vor ihm. Brandenburg sagte schwer atmend: „Kommen Sie bitte schnell mit. Eine Angestellte von mir ist die Kellertreppe hinabgestürzt." Zu dritt hasteten sie zur Treppe. Unten nahmen sich die Sanitäter um das weinende Mädchen an. Hinter ihnen kam kurz darauf ein Arzt durch die offene Eingangstür. Er folgte den Stimmen, die vom Keller zu ihm heraufdrangen. Am Fuß der Treppe angekommen, sah er sich das Bein der Gestürzten an.

„Das sieht nach einem Bruch aus. Sie muss ins Krankenhaus, damit es ordentlich geschient wird." Ohne auf das sofort einsetzende Lamento der Verletzten zu achten, hoben die Sanitäter sie mit aller Vorsicht auf die Trage und schnallten sie fest. Paula Brandenburg versuchte, das Mädchen zu trösten, indem sie ihm versprach: „Wir besuchen dich noch heute!"

Dann wurde Marion die Treppe hinaufgeschafft und schließlich in den vor dem Haus stehenden Krankenwagen eingeladen.

Albrecht Brandenburg und seine Frau beobachteten, wie vor den Kopf geschlagen, wie der Wagen nach dieser Aktion mit ihrer Hausgehilfin wegfuhr.

Wie sie noch so dastanden, kam Karin, ihr weiblicher Lehrling, mit geröteten Wangen angelaufen und wandte sich an ihren Chef: „Meister, wir haben in der Zwischenzeit alle Räume im Erdgeschoss abgesucht. Wir haben niemanden gefunden. Ich glaube, die Marion hat sich die Frau eingebildet."

Brandenburg machte ein nachdenkliches Gesicht: „Aber sie hat so überzeugend von ihr geredet. Das Mädchen ist doch sonst immer so zuverlässig. Ich kann nicht glauben, dass sie sich etwas zusammenfantasiert hat. Vielleicht hat diese Alte den Moment genutzt, als ich mit den Sanitätern die Treppe hinabging, und ist schnell abgehauen. In dieser Zeit war die Haustüre offen und niemand von uns auf dieser Seite des Ganges. Aber wieso hat sie Marion die Treppe hinabgestoßen?" Er schüttelte verwundert seinen Kopf: „Sachen gibt's!" Der Lehrling ergänzte schalkhaft: „Die gibt's gar nicht!"

Der Bäcker wandte sich ab und ließ Karin stehen. Beim Gehen murmelte er vor sich hin: „Oder vielleicht doch?"

Paula Brandenburg war ihm bereits vorausgegangen. Sie hatte sich inzwischen an den Esstisch im Aufenthaltsraum gesetzt.

Den Kopf in die Hand gestützt las sie gerade intensiv den Artikel vom Mord im Schloss und vom Auftauchen der Weißen Frau. Ihr Mann verhielt sich still, bis sie schließlich aufsah und ihn mit großen Augen anblickte: „Albrecht, kannst du dir denken, was ich mir gerade denke?"

Er stieg seinerseits in das Wortspiel ein und antwortete: „Ich denke, du denkst, was ich mir gerade gedenkt habe."

„Hör auf, mir ist nicht zum Flachsen zumute! In der Zeitung steht der Bericht von diesem gewalttätigen Gespenst und Marion erzählt, eine alte, weiß gekleidete Frau habe sie die Treppe hinabgeschubst. Da muss man doch einen Zusammenhang sehen, wenn man nicht gerade Tomaten auf den Augen hat."

„Ich weiß nicht. Mir ist das alles ein wenig zu seltsam, als dass ich gleich an ein Gespenst glauben könnte. Gespenster sind doch Geister. Sie gelten als durchsichtig und sind so ähnlich beschaffen wie Rauch. Man kann durch sie hindurchlangen, heißt es. Immer vorausgesetzt, man sieht sie überhaupt. Sie sollen doch für uns in der Regel unsichtbar sein. Außerdem ist das bestimmt ein Zufall. Marion hat wahrscheinlich von jemand gehört, es gibt eine Weiße Frau, dann ist sie gestolpert, hat sich beim Fallen den Kopf heftig an der Wand angestoßen und ihr drangsaliertes Gehirn hat ihr ein Gespenst vorgegaukelt. Alles Zufall, wenn du mich fragst!"

„Es gibt keinen Zufall", erwiderte Paula mit wichtiger Miene, „der französische Philosoph Voltaire hat einmal gesagt: ‚Zufälle gibt es nicht – hinter allem steht ein Ursprung.' Oder so ähnlich zumindest ..."

„Ich staune über deine Bildung, meine Liebe! Und ich glaube, der Franzose hatte recht. In unserem Fall war der Ursprung eben ein Stolpern auf der Treppe."

Die etwas rundliche Bäckersfrau bekam rote Wangen, wie immer, wenn sie sich aufregte: „Ach Albrecht, du ziehst alles irgendwie ins Lächerliche, das ärgert mich wirklich! Du nimmst mich nicht ernst! Schau mal, angenommen, dieses Gespenst existierte tatsächlich. Dann müssten wir sein Auftauchen beachten. Es betrifft uns! Du bist doch immerhin ein Nachkomme der Zollern. Wahrscheinlich der Einzige weit und breit. Und wenn die Weiße Frau ausgerechnet in unserem Haus erscheint, dann bedeutet das doch wohl nichts Gutes. Ich habe jetzt wirklich Angst und mich gruselt es, wenn ich daran denke, was das Gespenst bei uns noch alles anstellen könnte."

„Jetzt übertreibst du aber! Ich höre immer ‚Wenn, wenn, wenn!'. Lauter Fantasien sind das. Du machst dir selber Angst, dazu braucht es doch gar keinen Geist mehr. Also bitte! Ich kenne meine Frau anders. Sei doch wieder realistisch. Wir leben doch im einundzwanzigsten Jahrhundert. Alles lässt sich rational erklären. Das hat man uns doch schon in der Schule beigebracht."

Paula ließ sich nicht vertrösten. „Es gibt mehr zwischen Himmel und Erde, als was unsere Schulweisheit kennt!"

„Ja, ja, ich kenne diesen Spruch auch, aber ich glaube, der geht irgendwie anders."

„Das ist doch ganz egal, wie der geht, er hat immerhin recht. Ist doch so!"

„Paula, ich meine, wir sollten diese Diskussion besser heute Abend bei einen Glas Wein weiterführen; da passt sie besser hin als in diesen Moment. Wir müssen uns wieder um unsere Arbeit kümmern. Frau Brechtelsbauer steht allein im Laden und ich höre die Ladenglocke dauernd klingeln. Du solltest auch in der Klinik anrufen und dich nach Marion erkundigen. Wenn es möglich ist, solltest du dein Versprechen wahrmachen und sie besuchen. Ich gehe in die Backstube und kümmere mich darum, was die dort machen."

So waren sie auseinandergegangen. Paula Brandenburg begab sich wenig später auf den Weg zur Klinik. Marion ging es gut. Sie würde das Krankenhaus schon am nächsten Tag mit einem Gipsbein verlassen dürfen. Allerdings war sie noch voller Angst. Sie wollte am liebsten schnell zu ihren Eltern nach Hause. Ob sie ihre Stelle in der Bäckerei jemals wieder antreten würde, schien Paula Brandenburg sehr fraglich.

Wolfgang Sperber beendete an dieser Stelle seine Erzählung. Die anderen am Tisch begannen sofort ein lebhaftes Gespräch. Sperbers Mutter warf laut ein: „Wenn da nicht ein Zusammenhang zu den Ereignissen im Schloss besteht! Der Spruch von der Schulweisheit, die auf diesem Gebiet blind ist, der stimmt, das sage ich euch! Ich könnte manches zu dem Thema beitragen, aber ich lasse es lieber, sonst könnt ihr heute Nacht womöglich nicht schlafen vor lauter Gruseln."

„Gruseliges haben wir wirklich genug!", unterbrach Wolfgang die Rede seiner Mutter. Hermine Sperbers Augen hatten zu leuchten angefangen. Ihr Sohn vermutete, dass sie jetzt darauf brannte, irgendwelche Storys aus ihrem Leben zum Besten zu geben. Wenn sie damit anfing, würde sie womöglich so schnell nicht wieder aufhören. Einen längeren Aufenthalt beim Kaffeekränzchen konnten sich die Polizisten an diesem Tag aber nicht leisten.

„Außerdem müssen wir wieder zur Inspektion zurück. Wir haben jede Menge Arbeit", fügte Sperber erklärend hinzu und machte in Richtung seiner beiden Mitarbeiter eine auffordernde Geste. „Bestimmt hat Doktor Renz ihren Obduktionsbericht abgeliefert. Denkt bitte mit daran, dass ich mich bei Doktor Sauber bedanke, dass er mich heute Morgen bei dieser reizenden Veranstaltung vertreten hat. Und ihr drei vergesst bitte nicht, mein Enkelkind vom Nachmittagsunterricht in der Schule abzuholen. Du hast es ihr versprochen, Theresa! Schade, dass ich das nicht übernehmen kann. Sie erzählt unterwegs immer so schöne Geschichten aus dem Leben ihrer Schulklasse."

Die drei Kommissare verabschiedeten sich und fuhren zu ihrer Dienstelle.

Unterwegs erinnerte Konstanze sie daran, dass sie am Wochenende frei hatte.

„Du bekommst bestimmt wieder Besuch?", wollte Karlo wissen.

„Ja, du neugieriger Typ. Moritz besucht mich." Ihr Kollege nickte ein wenig neidisch und traurig zugleich. Dann ließ er seinen Kopf nach unten sinken. Karlo war zum ersten Mal in seiner Dienstzeit froh, am Wochenende arbeiten zu müssen. Das würde ihn vielleicht etwas von seinem Liebesschmerz ablenken.

Konstanze hatte natürlich den Stimmungseinbruch ihres Kollegen bemerkt.

Sie legte ihm sanft den Arm um die Schulter und drückte ihn wortlos an sich. Karlo sah sie dankbar an und nickte ihr mit traurigen Augen zu. Dann schweiften Konstanzes Gedanken zu ihrem Freund Moritz Engel. Sie hatten sich bei den Ermittlungen wegen eines

Kunstraubes in Ansbach kennen- und lieben gelernt. Er war Kunsthistoriker und arbeitete beim Landeskriminalamt in München. Seine Frau war bei einem Autounfall ums Leben gekommen. Moritz hatte einen sechzehnjährigen Sohn, der die meiste Zeit bei der Schwiegermutter von Moritz lebte, die ihn furchtbar verwöhnte.

Konstanze und Moritz führten eine Wochenendfreundschaft. Sie genossen die Wochenenden, die sie zusammen verbrachten, sehr.

An diesem Wochenende hatte seine Großmutter David, den Sohn von Moritz, und ihr Freund konnte zu seiner Liebsten nach Ansbach fahren.

Bevor Konstanze weiter über die bevorstehenden Tage nachdenken konnte, waren sie schon am Karlsplatz angelangt. Die Kommissare gingen in ihr jeweiliges Büro, um weiterzuarbeiten.

Barbara, ihre Sekretärin, hatte Sperber bereits den Bericht von Frau Doktor Renz auf den Schreibtisch gelegt. Er enthielt keine besonderen Neuigkeiten. Der Ermordete war in einem ausgesprochen guten gesundheitlichen Zustand. Kein Nachweis irgendeiner Droge. Es blieb bei ihrer Erkenntnis, dass Karl Gerstner durch den Schlag auf den Kopf gestorben war.

Inzwischen hatte auch die Schlossverwaltung einen Bericht geschickt. Man hatte mithilfe der Inventarlisten festgestellt, dass nichts, aber auch gar nichts bei dem bedauerlichen Vorfall gestohlen worden war. Weder ein Gemälde noch eine der einhundertsechsundsechzig wertvollen Porzellanfiguren, die der früheren Ansbacher Manufaktur entstammten. Diese Seite war offenbar zu vernachlässigen. Es konnte natürlich sein, dass der Dieb nach seiner Entdeckung durch die Angestellten einfach keine Zeit mehr hatte, um Diebesgut an sich zu nehmen oder irgendwo zu verstecken. Er war in dem Fall mit dem

Problem beschäftigt gewesen, sich selbst zu verstecken. Der Kommissar befürchtete, dass somit die Frage, wem die Sache nützen sollte, noch lange nicht gelöst war. Morgen sollten die beiden Zeugen Brendel und Kühnhackl nochmals verhört werden. Sperber erwartete sich davon allerdings nicht sehr viel. Für einen Mord aus Leidenschaft war ihm zu wenig Leidenschaft sichtbar.

Vielleicht war Kühnhackl aber irgendein interessantes Detail in den Sinn gekommen, an das er bei der ersten Befragung nicht gedacht hatte. Eine kleine Chance, aber sie könnte weiterführen.

Er überlegte gerade, in welche Richtung sie jetzt weiter ermitteln sollten, als sein Telefon läutete. Barbara fragte, ob sie einen Albrecht Brandenburg zu ihm durchstellen konnte. Sperber nahm das Gespräch an.

Am anderen Ende der Leitung meldete sich ein aufgelöster Bäckermeister. „Wolfgang, es ist etwas Furchtbares passiert! Die Polizei hat mich eben verständigt, dass meine Tochter Luisa in Neuendettelsau einen Unfall hatte. Du weißt doch, dass sie dort an der Augustana-Hochschule studiert. Offenbar fuhr sie mit dem Auto in Richtung Ansbach. Vielleicht wollte sie nach Hause. Aus einem unerfindlichen Grund ist sie in der scharfen Kurve am Berg vor Schlauersbach von der Straße abgekommen. Sie ist frontal in die Leitplanke hineingefahren. Dein Kollege am Telefon sagte mir, ihr Auto ist schrottreif. Sie selbst ist verletzt. Wie schwer, das wusste er nicht. Man hat Luisa in die Neuendettelsauer Klinik gebracht. Meine Frau und ich fahren jetzt sofort hinüber und sehen nach ihr. Ich möchte dich bitten, dass du dich um die Unfallursache kümmerst. Luisa ist eine umsichtige Fahrerin. Sie ist zwar erst neunzehn Jahre alt, aber keine Raserin."

„Albrecht, was du mir sagst, tut mir schrecklich leid. Du weißt, dass ich deine Luisa mag. Und sie ist ja schließlich auch mein Patenkind. Ich lasse alles stehen und liegen und kümmere mich darum. Wenn sie ansprechbar ist, grüße sie herzlich von mir. Sag ihr, ich besuche sie in den nächsten Tagen im Krankenhaus."

Sperber verabschiedete sich von dem besorgten Vater und legte den Telefonhörer auf, um ihn sofort wieder abzunehmen. Er wählte die Nummer der Unfallbereitschaft. Der Dienst habende Beamte teilte ihm mit, dass das kaputte Auto von Luisa bereits nach Ansbach gebracht worden war, weil bei ihm Verdacht auf Manipulation an den Bremsschläuchen gegeben sei. Sperber ließ sich gleich mit der Abteilung verbinden, die solche Fälle gutachterlich untersuchte. Ein Fachmann war gerade dabei, eine erste Überprüfung vorzunehmen. Er sagte: „Meine vorläufige Begutachtung zeigt ziemlich eindeutig, dass an den Bremsschläuchen herumgemacht worden ist. Mir scheint, jemand wollte, dass der Fahrerin dadurch ein Unfall passiert. Ich schicke Ihnen mein gesamtes Gutachten so schnell es geht, aber ich bin jetzt schon mit fünfundneunzigprozentiger Sicherheit überzeugt von dieser Erkenntnis. Das heißt, Ihr von der Kripo könnt schon einmal damit anfangen, wegen versuchten Totschlags und gefährlichen Eingriffs in den Straßenverkehr zu ermitteln."

Sperber bedankte sich und legte erschüttert den Hörer auf. Ein Gedanke drängte sich ihm auf und er spürte, wie seine Magennerven heftig auf ihn reagierten. „Da braut sich etwas zusammen wie Nebel im Hochgebirge, undurchschaubar und bedrohlich. Eine derartige Atmosphäre von Unheil und Bedrohlichkeit, für die es allerdings momentan außer dem mysteriösen Mord im alten Schloss, dem merkwürdigen Sturz im Betrieb seines Freundes und dem Verkehrsunfall, der wohl ein Anschlag war, keine Beweise gab. Die Frage war: Ist da ein gemeinsamer Nenner, der diese Ereignisse miteinander verband?"

Er wollte zunächst seine beiden Kollegen von dem Unfall unterrichten, dann musste er auch Dotzauer Bescheid geben. Seine Bedenken an dieser Stelle waren, dass der Polizeidirektor jeden Zusammenhang von sich weisen würde. Ihm ging es in erster Linie immer darum, im spektakulärsten Fall der Öffentlichkeit Erfolge vorweisen zu können. Der Mord in der früheren Fürstenresidenz bot sich nach dem großen Aufmacher in der Zeitung dafür an. An dieser Stelle war jetzt noch mehr Kritik von Redakteur Mostrich zu erwarten, der ihnen durchaus nicht gut gesonnen war.

Sperber rief zunächst seine Kollegen zu sich. Dann informierte er seinen Chef, der leider genauso reagierte, wie er es erwartet hatte. Er beruhigte ihn, indem er versprach, dass der Mord natürlich die erste Priorität hatte und sie mit Hochdruck an der Lösung dieses Falles arbeiten würden. Ehrlicherweise hätte er zugeben müssen, dass sich gerade an dieser Front gar nichts bewegte.

Seine Kollegen kamen mit erwartungsvollen Mienen in sein Büro. Er berichtete ihnen, was er gerade von seinem Schulfreund erfahren hatte. Die Nachricht von Luisas Unfall, die beide kannten, entsetzte die Kommissare. „Hoffentlich ist ihr nichts Schlimmeres passiert", stöhnte Konstanze. Sperber informierte sie: „Ich werde jetzt sofort nach Neuendettelsau in die Klinik fahren. Vielleicht ist sie ansprechbar. Bitte stöbert in dieser Zeit noch, so weit es möglich ist, in den Identitäten von Karl Gerstner und unserer Zeugen vom Schloss. Könnte doch sein, dass sich dabei endlich ein Schlüssel zu dem rätselhaften Mord findet."

Nachdem die beiden gegangen waren, unterrichtete er auch Barbara von seiner Fahrt in die Klinik und machte sich auf den Weg.

Es war bereits dunkel. Er fuhr über die zwar geräumte,

aber trotzdem eis- und schneeglatte Straße in den Nachbarort hinüber.

Dort im Krankenhaus angekommen, fand er Paula und Albrecht voller Besorgnis am Krankenbett ihrer Tochter. Glücklicherweise war sie vor einem größeren Schaden verschont geblieben. Die Bäckerstochter war wegen der Glätte auf der Straße verhältnismäßig langsam gefahren und der ausgelöste Airbag hatte darüber hinaus Schlimmeres verhindert. Leider hatte sie sich aber den linken Arm gebrochen. Man hatte ihn in der Klinik bereits eingerichtet und gegipst.

Das Gesicht von Luisa war totenbleich. Man sah ihr an, dass sie immer noch unter dem Unfallschock litt. Sie freute sich jedoch, ihren Paten zu sehen. Wolfgang Sperber begrüßte alle und setzte sich dann zu den Eltern ans Bett von Luisa. Er fragte sie behutsam nach ihren Erinnerungen. Sie antwortete mit vor Entsetzen geweiteten Augen: „Ich bin gar nicht so schnell in diese Kurve gefahren. Aber plötzlich hat mich eine weiße Gestalt, eine Frau, denke ich, am Straßenrand irritiert. Im nächsten Moment bin ich von einem ganz hellen Licht geblendet worden. Dadurch erschreckt, habe ich natürlich heftig gebremst. Aber das Bremspedal hat sich einfach durchdrücken lassen und das Auto ist kerzengerade weitergeschossen. Dann krachte es furchtbar. Ich bin in den Sicherheitsgurt gerissen worden und sah nichts mehr, weil sich der Airbag zu meinem Glück aufgeblasen hatte. Meine Schulter tut mir durch den Sicherheitsgurt noch sehr weh. Der Arzt hat gesagt, dass ich aber keinen Bruch an dieser Stelle habe. Es ist nur eine Prellung." Sie verzog das Gesicht zu einer schmerzhaften Grimasse.

Paula Brandenburg sagte laut: „Wolfgang, bei uns geht es nicht mit rechten Dingen zu! Es ist doch wie bei unserer Marion! Wieder ist eine Weiße Frau im Spiel!" Sie wandte sich empört zu ihrem Mann hin: „Jetzt hast du es selbst gehört, Albrecht. Jetzt kannst du nicht mehr so tun, als gäbe es diese Erscheinung nicht!" Und wieder zu Sperber hin: „Die Weiße Frau der Hohenzollern ist das. Sie hat uns in ihrem Visier! Du musst uns helfen, Wolfgang!"

Dann schüttelte sie skeptisch den Kopf: „Wahrscheinlich könnt ihr von der Polizei aber nichts tun gegen ein Gespenst. Da seid ihr machtlos. Ich werde mich am besten an meine Gemeindepfarrer wenden. Pfarrer müssen doch wissen, wie man mit Gespenstern umgeht, oder?"

Paula sah Hilfe suchend von einem zum anderen.

„Habt ihr irgendwelche Feinde?", wollte Sperber wissen, ohne auf die Frage einzugehen.

Die drei Brandenburgs sahen sich an und schüttelten dann gemeinsam die Köpfe. Albrecht antwortete: „Nicht, dass ich wüsste. Ich verstehe mich mit meinen Mitbewerbern gut. Mein kleines Geschäft ist für die ohnehin keine echte Konkurrenz. Mit den Kunden ist alles in Ordnung. Die haben eingesehen, dass wir uns nicht vergrößern wollen, und akzeptieren deshalb, wenn eine Ware im Laden ausgegangen ist. Sie schätzen unsere Qualität und sehen erst in zweiter Linie auf den Preis. Vertrauen gegen Vertrauen, das ist unser Spruch. Wir haben eine treue Stammkundschaft. Alle, die auf billige Schnäppchen aus sind, gehen sowieso in anderen Läden einkaufen. Unser Personal ist in Ordnung. Wir zahlen gute Löhne, das ist in der Branche bekannt, deshalb konnten wir uns bisher auch gute Leute aussuchen. Alles in allem ist unser Geschäftsmodell entgegen den allgemeinen Trends ausgerichtet. Es beruht auf guter Qualität, Menschen- und Umweltfreundlichkeit. Wenn wir allein von dem Geschäft leben müssten, könnten wir nicht sehr reich werden, aber arm wären wir auch nicht."

Sperber ließ sich von der kleinen Werbeeinlage nicht ablenken: „Gibt es an irgendeiner Stelle in eurem privaten oder geschäftlichen Bereich Leute, die Interesse an euren Immobilien zeigen? Ihr habt, wie ich weiß, einen großen Besitz in bester Lage der Stadt."

Brandenburg überlegte einen Moment: „Ja, natürlich gibt es dafür immer wieder Interessenten. Ich denke, das ist ganz natürlich. Eine Warenhauskette hat schon bei uns angefragt. Auch Kollegen, die sich von einer größeren Filiale Gewinn versprechen. Immer wieder kommen Makler auf mich zu und wollen mich dazu überreden, unseren Anteil an dem ganzen Ensemble zu verkaufen. Mit Sorge habe ich beobachtet, dass eine bestimmte Gesellschaft die anderen Häuser in dem großen Block aufgekauft hat. Sie modernisieren gerade eine Wohnung nach der anderen, werfen die alten Mieter raus, indem sie die Mieten nach der Maßnahme drastisch erhöhen. Jetzt fällt mir noch ein, dass sich auch eine große Hotelkette für unsere Häuser interessiert. Ein Hotel mitten in der Stadt in deren hochpreisigem Stil, das wäre anscheinend für die schon erstrebenswert. Obwohl wir sehr viel Geld für unsere Häuser bekämen, wollen Paula und ich aber alles so lassen, wie es ist. Wir haben genug für uns. Unser kleines Geschäft macht uns Freude und gibt unserem Leben einen Sinn. Was sollten wir tun, wenn wir all das nicht mehr hätten! Reich und dabei unglücklich zu sein, das verlockt uns nicht. Zu viele unserer betuchten Kunden machen uns diesen Lebensstil vor. Geld allein macht nicht glücklich, das stimmt. Und es ist auch keine Garantie auf Beruhigung, wie das Sprichwort behauptet. Wir wollen so viel davon, dass wir ruhig schlafen können. Mehr braucht es nicht. Unsere Kinder können es einmal anders machen. Wir gehen unseren Weg, der hat sich für uns als der beste herausgestellt. Nicht wahr, Paula?"

„Stimmt genau! Wie oft haben wir dieses Thema miteinander besprochen und sind immer zu dem gleichen Ergebnis gekommen. Wir wollen dieses Gerenne und

Geraufe, wie es in der Wirtschaft in unserer Zeit üblich ist, einfach nicht mitmachen. Wir sind der Überzeugung, das macht die Menschen nicht wirklich glücklicher, weil es von innen her auf Gier angelegt ist. Da kann es zwar Sieger im Kampf geben, aber die werden dann gleich wieder angegriffen. Es bringt ihnen kein Glück. Und die Verlierer in diesem System sind wir alle und unsere Mitgeschöpfe und die Natur dazu. Das ist unsere Meinung. Wir wollen da nicht mitspielen. Punktum!"

„Schade, dass nicht alle so denken wie ihr", seufzte Sperber, „Mensch, könnten wir es alle auf der Welt gut haben, wenn es nicht diese wirklich teuflische Gier nach immer noch mehr in vielen von uns gäbe. Die reine Dummheit! Warum müssen wir Menschen immer nur nach mehr Macht, mehr Geld, mehr Land und anderem trachten? Es ist doch genug für alle da. Jeder Mensch könnte gut auf dieser Erde leben. Kein Krieg, keine Flüchtlinge, keine Hungernden, keine, die von anderen ausgebeutet werden. Dieser Tage ist mir schon einmal der Satz eingefallen, den wir früher manchmal gesagt haben: ‚Was tun? sprach Zeus, die Götter sind besoffen!'"

Albrecht nickte und grinste. „Manchmal denke ich mir, wir Menschen sind von solchen Göttern geschaffen worden. Das lässt sich zwar sicher theologisch nicht vertreten", meinte Albrecht Brandenburg mit einem Blick auf Luisa, „aber wenn ich ehrlich bin, muss ich bekennen, mir ist dieser Gedanke auch schon durch den Kopf gegangen."

Luisa, die engagierte Theologiestudentin, schaltete sich jetzt ein: „Aber hört mal, jeder Mensch hat doch ein Gewissen. Untersuchungen haben gezeigt, dass auch fast jeder Bescheid weiß, wenn er etwas Böses tut. Wir können uns also für Gut oder für Böse entscheiden." Sehr nachdenklich fuhr sie fort: „Ich frage mich nur, warum das Gewissen manchmal so schwach ist und warum gewisse andere Interessen oft so stark sind, diese Regulierung außer Kraft zu setzen."

„Also das ist mir auch nicht klar", bekannte Sperber, „aber du gibst mir ein Stichwort: Gibt es in deiner Umgebung einen oder mehrere Menschen, die es so böse mit dir meinen, dass sie dein Leben beeinträchtigen oder gar vernichten wollen, indem sie die Bremsschläuche an deinem Auto kaputtmachen?"

„Was sagst du da, Wolfgang?!" Es klang wie ein einziger Aufschrei.

Die drei Brandenburgs waren zutiefst entsetzt. Albrecht und seine Frau zogen erschrocken die Luft ein. Luisa fragte aus ihrem Schrecken heraus fast atemlos: „Ist das eine Vermutung von dir oder eine Tatsache?"

„Unser Unfallsachverständiger sagte mir am Telefon, er ist sich ziemlich sicher, dass an den Bremsschläuchen manipuliert wurde."

„Aber das heißt doch noch gar nichts", wandte Albrecht Brandenburg ein, „die kann doch auch ein Marder durchgebissen haben."

„Ich wollte, du hast recht, aber ich glaube, der Spezialist kann das unterscheiden. Trotzdem werde ich ihn nochmals daraufhin befragen. Sicherheitshalber will ich jetzt aber auf meine Frage zurückkommen. Hast du irgendwelche Feinde, Luisa?"

„Nein, Wolfgang. Weit und breit nicht. Ich komme derzeit mit allen gut aus. Du kennst doch einige aus meinem Freundeskreis. Lauter sehr nette Menschen. Natürlich gibt es unter den Mitstudenten und Dozenten das eine oder andere Ekel, aber von denen halte ich mich bewusst fern."

„Kann es sein, dass dich jemand aus Neid angegriffen hat? Oder hast du in letzter Zeit jemanden in irgendeiner Form abgewiesen?"

„Dazu kann ich auch nur nein sagen. Zum einen gibt

es genügend Studenten an der Hochschule, deren Eltern im Wohlstand leben. Einen Freund habe ich nicht und im Moment bin ich so mit meinen Prüfungsvorbereitungen beschäftigt, dass ich keine nähere Beziehung gebrauchen kann. Ich denke, meine Haltung macht das den anderen recht deutlich. Abgewiesen habe ich seit langer Zeit auch niemanden."

Sperber holte sein Notizbuch aus der Jackentasche: „Sei so gut und gib mir die Namen deiner Freunde und wenn du sie weißt auch ihre Adresse."

„Moment! Mutti, holst du bitte aus dem Kasten meinen Kalender. In dem stehen hinten Namen und Adressen meiner Freunde und Bekannten. Wenn du ihn mir bald wieder gibst, kannst du ihn erst einmal mitnehmen. Die wichtigsten Telefonnummern habe ich im Kopf."

Paula kramte den Kalender aus der Schublade und reichte ihn Wolfgang Sperber.

„Von euch hätte ich gerne die Namen der Firmen, die sich für eure Immobilien interessiert haben. Wenn es geht, auch die Namen der Personen, die in diesem Zusammenhang bei euch vorgesprochen haben."

Paula und Albrecht nannten Sperber die entsprechenden Namen. Er schrieb sie in sein Notizbuch. Karlo sollte gleich am nächsten Tag Nachforschungen über die Firmen und ihre Betreiber anstellen, vielleicht würden sich daraus Motive für die Vorfälle erkennen lassen.

Dann steckte er sein Notizbuch ein und verabschiedete sich von den dreien mit der Mahnung: „Bitte seid in nächster Zeit ganz besonders vorsichtig. Mein Bauch sagt mir, dass es irgendjemand auf euch abgesehen hat. Gebt das auch an euren Sohn Florian weiter. Ich verspreche euch, alles mir Mögliche zu tun, um euch zu schützen."

Paula schüttelte den Kopf und sagte mit Resignation in der Stimme: „Gegen die Weiße Frau kannst du uns nicht schützen."

„Ich glaube schon", erwiderte Albrecht Brandenburg anstelle von Sperber.

„Weil ich immer noch nicht an Gespenster glaube. Da ist – wenn schon – ein Mensch am Werk. Ich bin überzeugt, du findest diesen Menschen und machst ihn unschädlich, Wolfgang."

„Ich werde mein Möglichstes tun!" Der Kriminaler breitete die Arme aus, seufzte, winkte und ging hinaus.

Auf dem Rückweg nach Ansbach musste er sich stark aufs Fahren konzentrieren. Es hatte wieder zu schneien begonnen. Die Straße war glatt und die Sicht sehr schlecht. Sperber entschloss sich, gleich nach Hause zu fahren.

Beim Abendessen berichtete er seiner Frau Luisas Missgeschick. Sie reagierte mit großer Empörung. „Jemandem die Bremsschläuche zu beschädigen, ist ein Mordversuch. Ich hoffe, ihr findet den oder die, die das getan haben." Die beiden überlegten hin und her, wer hinter den Anschlägen wohl stecken könnte, aber sie fanden zu keiner Lösung.

Später berichtete Julia von dem restlichen Verlauf des Nachmittags mit ihren beiden Frauen. „Nachdem Theresa unser Enkelkind von der Schule abgeholt hatte, setzte sich Sofia zu uns und erzählte uns wieder einmal eine köstliche Geschichte aus ihrer Schulklasse: Agnes, ein besonders zuverlässiges und strebsames Mädchen, war am gestrigen Morgen nicht zum Unterricht erschienen. Die Lehrerin registrierte mit Verwunderung, dass sie von ihrer Mutter nicht entschuldigt worden war. Sie kannte die Mutter des Mädchens. Sie gehörte zu ihrem weiteren Freundeskreis. Die sehr auf Korrektheit bedachte Frau hatte es bisher noch nie versäumt, in der Schule Bescheid zu sagen, wenn ihre Tochter aus einem wichtigen Grund nicht am Unterricht teilnehmen konnte.

Als das Kind eine Viertelstunde nach Unterrichtsbeginn noch nicht erschienen war, wurde die Lehrerin unruhig. Sie schickte zwei Kinder aus ihrer Klasse ins Sekretariat und bat die Sekretärin, bei der Mutter des Kindes anzurufen und sich nach dem Grund des Fernbleibens zu erkundigen. Die Kinder kamen zurück und sagten, dass die Mutter des Mädchens am Telefon beteuerte, Agnes hätte zur üblichen Zeit das Haus verlassen, um in die Schule zu gehen. Jetzt war die Lehrerin alarmiert und sehr besorgt. Nicht länger als zehn Minuten würde sie noch auf die Schülerin warten, dann würde sie selbst bei der Mutter anrufen und sie bitten, sich an die Polizei zu wenden. Das war aber nicht nötig, denn bereits nach fünf Minuten traf Agnes tränenüberströmt im Klassenzimmer ein. Was war geschehen? Das Kind erzählte schluchzend, dass ihr ihre junge Katze gefolgt war, als sie ihr Elternhaus verlassen hatte. Agnes versuchte, die Katze zurückzuscheuchen. Aber anstatt wieder zum Haus zurückzulaufen, flüchtete sich das Kätzchen auf einen Apfelbaum. Das Kind versuchte, es mit allen ihm zu Gebote stehenden Mitteln wieder vom Baum herunterzulocken, aber die kleine Katze blieb oben sitzen und bewegte sich keinen Zentimeter von der Stelle. Nun bekam es Agnes mit der Angst zu tun. Sie dachte nämlich daran, dass das junge Tier schon einmal auf einen Baum hinaufgeklettert war und sich nicht mehr herunterwagte. Agnes war hin und her gerissen. Pflichtbewusst wie sie nun einmal war, wollte sie doch pünktlich in der Schule sein. Andererseits befürchtete sie, dass das Kätzchen bei der anhaltenden Kälte auf dem Baum erfrieren würde. Vor lauter Verzweiflung fing sie zu weinen an. So stand sie eine Weile unter dem Apfelbaum, bis sie schließlich den Entschluss fasste, in die Schule zu laufen und ihrer Lehrerin von der misslichen Lage ihrer Katze zu erzählen. Die würde sicher Rat wissen. So lief sie los. Auf dem

Weg zur Schule weinte sie immer mehr, denn es kam ihr zu Bewusstsein, dass sie zum Unterricht viel zu spät kommen würde. Die Lehrerin war erleichtert. Sie tröstete Agnes mit dem Hinweis, dass alles schnell wieder in Ordnung kommen würde. Daraufhin setzte sich das Mädchen, immer noch schniefend, aber jetzt zuversichtlich, auf seinen Platz. Während die Lehrerin zwei Schüler zur Aufsicht bestimmte, waren bereits einige Schulkameraden um Agnes versammelt und ließen sich die aufregende Katzengeschichte nochmals erzählen. Agnes genoss die Aufmerksamkeit; denn sie war wegen ihrer nach Meinung der Mitschüler streberischen Art sonst in der Klasse nicht gerade im Mittelpunkt des Interesses. Währenddessen eilte die Lehrerin ins Sekretariat und rief die Mutter des Mädchens an. Sie konnte die sich bereits in heller Aufregung befindliche Frau beruhigen. Agnes' Mutter sagte, sie würde sich sofort um das auf dem Baum gefangene Kätzchen kümmern. Die Lehrerin solle dies Agnes bitte ausrichten. Wenig später klopfte es an der Türe, die Sekretärin kam herein und verkündete die gute Nachricht: Die Katze ist gerettet!"

Julia und Wolfgang schmunzelten. „Wenigstens eine gute Nachricht am heutigen Tag!"

An diesem Abend saßen auch die beiden Bäckersleute beieinander und diskutierten. Einerseits waren sie sehr froh darüber, dass ihrer Tochter kein noch größeres Unglück geschehen war. Andererseits fühlten sie sich und ihre Kinder bedroht. „Morgen gehe ich zu unserem Pfarrer und rede mit dem, was gegen dieses Gespenst zu tun ist", verkündete Paula energisch.

„Ein evangelischer Pfarrer macht keinen Exorzismus!", hielt ihr Albrecht entgegen, „du musst zu dem katholischen Pfarrer damit gehen, die machen so etwas."

„Gut, dann gehe ich eben morgen zum Pfarrer Escherich, den kenne ich als Kunden. Der ist nett, der hilft uns bestimmt."

Nach dem Leeren einer Flasche guten Rotweins hatten beide die nötige Bettschwere und gingen schlafen.

Paula schlief mit einem Gebet auf den Lippen ein. Albrecht mit einem dicken Spazierstock neben sich.

Samstagmorgen

Als Albrecht Brandenburg am Samstagmorgen um drei Uhr sein Tagwerk begann, fühlte er sich wie zerschlagen. Er hatte diese Nacht viel wach gelegen und über alle Vorkommnisse nachgedacht. Trotz aller Überlegungen konnte er sich keinen Reim darauf machen, welchen Sinn sie haben konnten. Er kam für sich wieder zu dem Schluss: „Weiße Frau hin oder her, irgendwer steckt dahinter und das ist kein Geist, sondern bloße Zufälle oder ein bestimmter Mensch, der uns Schaden zufügen will. Wolfgang Sperber wird ihm auf die Schliche kommen." Darauf verließ er sich.

„Er, seine Angehörigen und seine Angestellten mussten in nächster Zeit sehr aufmerksam und vorsichtig sein. Irgendwann ist der Spuk vorüber und alles geht wieder seinen gewohnten Gang", mit diesem Gedanken war er aufgestanden.

In jahrelanger Routine geübt, machte er sich an die Fertigung seiner Teige. Seine Angestellten waren bereits eingetroffen, als er den Backofen einschaltete.

Auch an diesem Morgen wurde die Stadt durch die Tageszeitung über die Vorfälle des vergangenen Tages ausführlich unterrichtet. Herbert Mostrich hatte ein journalistisches Feuerwerk entfacht. Die Artikel sorgten sowohl bei Julia und Wolfgang Sperber als auch bei Paula und Albrecht Brandenburg für Empörung.

Unter der Überschrift

Frauenpower gegen Einbrecher

Untertitel: *Müssen wir uns jetzt selbst schützen?*

schilderte er haargenau den Einbruch, der trotz Hausüberwachung durch die Polizei stattgefunden hatte.

Wieder ein Versagen unserer Sicherheitskräfte!,

war sein Resümee.

Dagegen lobte er den Einsatz der drei Frauen gegen

den Einbrecher und potenziellen Vergewaltiger Mike Schnell und kam zu dem Schluss, dass in dieser Stadt am besten jeder selbst auf sich, sein Hab und Gut und seine Wohnung aufpassen muss, weil die Polizei ständig ihre Unfähigkeit unter Beweis stellen würde.

Unter der reißerischen Überschrift

Bäcker-Familie von der Weißen Frau angegriffen!

berichtete er eingehend über den spektakulären Unfall von Luisa Brandenburg. Dann nahm er Bezug auf den Unfall der Hausgehilfin der Familie, die sich darauf berief, von einer (natürlich DER) Weißen Frau die Treppe hinabgestoßen worden zu sein.

Zum Schluss erging er sich in verschiedenen Mutmaßungen, warum die Weiße Frau gerade jetzt in Erscheinung trat und wieso der stadtbekannte Bäcker Ziel ihrer Attacken wurde. Mostrich unterrichtete seine Leser, dass Albrecht Brandenburg indirekt dem Geschlecht der Hohenzollern entstammte, und ging noch einmal kurz auf die Geschichte der Weißen Frau ein.

Zur gewohnten Zeit hatte sich der Bäckermeister mit Paula an den Frühstückstisch gesetzt. In der Zwischenzeit wurden in der Backstube die Brote in den Ofen „eingeschossen". Paula hatte sich gleich den Lokalteil der Zeitung geschnappt. Fast atemlos las sie die beiden Artikel und konnte daraufhin nur stöhnen: „Um Himmels willen!"

Albrecht war sofort alarmiert: „Was regst du dich so auf?" Seine Frau hielt ihm mit einem heftigen Schnauben die erste Seite mit den großen Überschriften vor die Nase: „Dieser Schmierer setzt auf unser Unglück noch eins drauf. Der weidet sich ja geradezu daran. Es ist ungeheuerlich, wie skrupellos der sein Süppchen auf unsere Kosten kocht!"

Paula war fuchsteufelswild: „Jetzt rufe ich den Verleger an und sage ihm meine Meinung!"

„Um diese Zeit erreichst du niemand bei der Zeitung. Die sind alle erst nach zehn Uhr da", entgegnete ihr Albrecht trocken.

„Nachher gehe ich sofort zu Pfarrer Escherich und bestelle einen Exorzismus. Dieses Theater muss ein Ende haben!"

„Ja, mach das. Aber vergiss nicht, auch Marion und unsere Tochter im Krankenhaus zu besuchen!"

„Nein, das vergesse ich bestimmt nicht. Aber zuerst kommt der Exorzismus!"

Paula stand mit Schwung auf und ging zum Telefon. Als sie die Nummer des katholischen Pfarramtes im Telefonbuch gefunden hatte, rief sie dort an und ließ sich mit Pfarrer Escherich verbinden. Escherich war ein gemütlicher, freundlicher Mensch, der stets darauf bedacht war, für jeden zu tun, was in seiner Macht stand. Er sagte Paula Brandenburg zu, dass sie in der nächsten Stunde zu ihm kommen konnte.

Paula mache sich sofort auf den Weg. Der Pfarrer öffnete ihr selbst nach dem Läuten an der Pfarramtstür und führte sie in sein Amtszimmer. Er kannte Paula Brandenburg natürlich als ihr treuer Kunde. „Was führt Sie zu mir, liebe Frau Brandenburg?", fragte er freundlich lächelnd, „ich merke, dass Sie recht aufgewühlt sind. Nach der Lektüre der Zeitung kann ich mir schon denken, was die Ursache dafür ist. Schreckliche Dinge haben sich bei Ihnen zugetragen. Aber was kann ich nun für Sie tun?"

„Ich möchte einen Exorzismus bei Ihnen bestellen!", forderte Paula resolut.

Escherichs Gesicht wurde erst ernst, dann nachdenklich und schließlich lächelte er verlegen: „Ich mache so etwas nicht."

„Ja, aber Sie sind doch katholischer Pfarrer. Bei Ihnen gehört das doch quasi zum Handwerk", versuchte ihn Paula in ihre Richtung zu bewegen.

„Ja wissen Sie, wir katholischen Pfarrer sind, was diese Dinge anbelangt, auch nicht immer einer Meinung. Ich zum Beispiel möchte damit nichts zu tun haben."

„Wer könnte uns gegen dieses Gespenst helfen, wenn nicht Sie?", fragte seine Besucherin mit angehender Verzweiflung in der Stimme.

Mit dem Argument „Sie sind doch evangelisch!" versuchte sich der Pfarrer aus der Klemme herauszuwinden.

Paula ließ nicht locker: „Das macht doch nichts, wir haben alle einen Herrgott, sage ich immer!"

Escherich war ein Mensch, der sich damit schwertat, jemandem einen Wunsch abzuschlagen. Er überlegte ein wenig, wobei er vermied, Paula Brandenburg anzusehen, dann sagte er: „Ich stehe dieser Methode, das Böse zu vertreiben, zwar distanziert gegenüber, aber ich kann verstehen, dass Sie jetzt in großer Sorge und Angst für sich und Ihre Angehörigen leben. Nun, ich kenne jemanden, der sich mit Begeisterung auf jeden Geist stürzen würde, wenn er dazu Gelegenheit hätte. Ich denke an Pater Ephrahim Müller. Sie könnten ihn von hier aus anrufen, wenn Sie wollen. Vielleicht erreichen Sie ihn?"

Der Pfarrer sah in einem Notizbuch nach und wählte eine Nummer. Am anderen Ende meldete sich eine tiefe Altmännerstimme mit „Hier Ephrahim Müller".

„Hier ist Pfarrer Escherich, Pfarramt Ansbach. Lieber Bruder Müller, ich habe hier eine Frau, die Ihnen ein Anliegen vortragen möchte. Ich verbinde Sie mit ihr." Der Geistliche reichte Paula den Telefonhörer hin.

Die Bäckersfrau bemühte sich aufgeregt, dem Pater alle Ereignisse zu schildern, die sich in letzter Zeit zugetragen hatten. Dabei vergaß sie auch nicht, auf den Mord im Schloss hinzuweisen. Ihre Stimme wurde immer höher, als sie ihren Bericht abschloss und sagte: „Ich befürchte das Schlimmste für uns alle, für meine Familie, für unsere Angestellten, ja für die ganze Stadt, wenn dieses schreckliche Gespenst weiterhin sein Unwesen hier treibt." Sie endete mit einem flehentlichen „Bitte helfen Sie uns doch!".

Der Pater räusperte sich energisch, dann antwortete er mit fester Stimme: „Das will ich gerne tun, und zwar sofort! Ich komme noch heute Morgen zu Ihnen. Erwarten Sie mich gegen zehn Uhr. Ich bringe alles mit, was nötig ist, um diesen unreinen Geist zu vertreiben." Damit legte er einfach auf. Paula atmete erleichtert auf. „Gott sei Dank und Ihnen auch, Herr Pfarrer. Danke, dass Sie mir diesen mutigen Mann vermittelt haben!"

Sie kramte in ihrer Handtasche und überreichte dem Kirchenmann einen Geldschein. „Wofür Sie es gerade brauchen können", lispelte sie ein wenig schüchtern.

Escherich quittierte diese Übergabe mit einem „Vergelt's Gott, liebe Frau!".

Paula verabschiedete sich daraufhin eilig und lief nach Hause.

Sie fand ihren Mann in heller Aufregung vor. „Ein Unglück kommt selten allein! Jetzt hat auch noch der Backofen den Geist aufgegeben. Alle Brote sind verbrannt. Stell dir vor, wir haben nicht gleich bemerkt, dass sich der Ofen in kurzer Zeit wahnsinnig aufgeheizt hat. Ein kaputtes Thermostat muss daran schuld gewesen sein. Erst als es aus allen Ofentüren herausgeraucht hat und furchtbar verbrannt stank, sind wir aufmerksam geworden. Da war es schon zu spät. Ich habe sofort bei meinem Kollegen in Zandt angerufen, der hat mir gleich Brote und Brötchen für den ersten Ansturm im Laden geschickt. Ich habe auch einen Monteur bestellt. Er wird sicher gleich eintreffen. Inzwischen haben wir neuen Teig angemacht, um die Tagesmenge auszugleichen. Ich hoffe, der Monteur findet den Fehler in dem Gerät schnell."

Paula war sehr erschrocken, sie rief: „Schon wieder

eine Untat der Weißen Frau! Aber das war ihr letzter Streich. Gleich kommt ein katholischer Pater, der wird sie austreiben aus dieser Stadt!"

„Na, da bin ich aber gespannt! Ob das wohl gelingen wird?", Albrecht Brandenburg verzog skeptisch sein Gesicht und begab sich wieder in die Backstube. Paula ging in den Laden und schaute, ob alles lief. Die Verkäuferin, Frau Brechtelsbauer, hatte gut zu tun. „Ich rufe gleich Frau Lange an, ob sie uns im Laden aushelfen kann. Heute früh habe ich einiges zu tun und kann hier nicht mitarbeiten." Sie ging ins Nebenzimmer und rief ihre Aushilfe an. Frau Lange sagte ihr zu, sofort zu kommen.

Es läutete an der Haustüre. Paula Brandenburg öffnete. Ein Mann in Monteurkleidung stand vor ihr: „Der Chef hat bei uns angerufen. Ich soll den Backofen reparieren."

„Ja, prima, dass Sie so schnell kommen. Hoffentlich finden Sie die Ursache der Panne."

„Keine Sorge, damit habe ich Erfahrung."

Paula geleitete ihn etwas erleichtert zur Backstube.

Gleich darauf läutete es wieder an der Tür. Jetzt stand ein kleines, dürres Männchen vor ihr mit scharfen, sehr ernsten Gesichtszügen. Seiner Kleidung sah man an, dass es sich bei ihm um einen Geistlichen handelte. Er trug einen großen Aktenkoffer in einer Hand.

„Gott zum Gruße! Ephrahim Müller ist mein Name", stellte er sich mit einer tiefen Stimme vor, die nicht recht zu seiner Gestalt passen wollte, „Sie haben mich gerufen, damit ich in Ihrem Haus hier einen geistlichen Dienst verrichte?"

„Ja, ich bin ja so froh, lieber Herr Pater, dass Sie zu uns kommen! Ein böser Geist plagt nicht nur uns. Er terrorisiert die ganze Stadt. Bitte, bitte vertreiben Sie ihn. Wir wären Ihnen so dankbar! Kommen Sie doch herein. Ich hole nur meinen Mann und bin gleich wieder da."

„Gut, inzwischen werde ich meine Vorbereitungen treffen.“ Gleich machte sich der Pater daran, seinen Koffer zu öffnen und ihm verschiedene Gegenstände zu entnehmen.

Als das Ehepaar schließlich vor ihm stand, war Pater Müller gerade etwas umständlich dabei, die Holzkohle zum Räuchern von Weihrauch in einem entsprechenden Gefäß zum Glimmen zu bringen. Als ihm das gelungen war, legte er Weihrauchkörner hinein. Sogleich verbreitete sich ein betörender Duft im Hausflur.

Nun wurde er auch von Albrecht Brandenburg ehrfürchtig begrüßt. „Vielen Dank, dass Sie so schnell gekommen sind, Herr Pater!“ Dann fügte er ein wenig schelmisch hinzu: „In der Backstube haben Sie allerdings einen Konkurrenten. Ein Monteur versucht gerade, unserem Backofen einen bösen Geist auszutreiben.“

Der Priester verstand einen solchen Scherz freilich gar nicht. Der Blick, mit dem er den Bäcker auf diese Rede hin bedachte, war ziemlich eindeutig. Auch Paula warf ihrem Mann einen wütenden Blick zu. Am liebsten hätte sie ihm in diesem Moment einen Fußtritt verpasst. Ihr Gesicht war feuerrot geworden. Der Pater wandte sich nun demonstrativ von Brandenburg ab und holte eine farbige Stola aus seinem Koffer, die er sich gleich umlegte. Brandenburg murmelte ein verlegenes „Entschuldigung!“ vor sich hin. Dann blickte er beschämt auf den Boden vor sich. Auch er war im Gesicht ganz rot geworden.

Der Priester würdigte ihn keines Blickes, sondern holte nun ein schwarzes Buch aus seiner Tasche.

Damit schienen seine Vorbereitungen abgeschlossen zu sein. Er fing an, das Weihrauchgefäß zu schwenken. Sogleich erfüllte dicker Rauch den langen Flur.

Gleichzeitig begann er, beschwörend in lateinischer Sprache zu sprechen. Geschickt schlug er dabei das Buch auf. Dann ging er, das Weihrauchgefäß schwenkend und weiter vor sich hin sprechend, den Gang entlang. Brandenburg und seine Frau sahen ihm gespannt nach.

Als der Flur um eine Ecke führte, entschwand der Mann ihren Blicken.

Was nun folgte, war eine Art Hörspiel. Zunächst hörten sie den Priester laut rufen: „Wer bist du, sage deinen Namen! Ich beschwöre dich im Namen aller Heiligen, dich zu entheben!"

Auf diese Worte folgten ein lautes Klatschen, dann ein Klirren, Scheppern und Poltern. Albrecht und Paula waren wie erstarrt, dann kam Bewegung in sie. Beide eilten um die Ecke des Ganges. Vor ihnen lag der Pater auf dem Boden. Seine Utensilien waren um ihn verstreut. Aus dem Weihrauchfass waren die glimmenden Kohlen und die Weihrauchkörner herausgefallen und rauchten vor sich hin. Glücklicherweise konnten sie auf dem Steinboden keinen Schaden anrichten. Das Bäckerehepaar half dem Priester auf die Beine. Sein Gesicht war angstvoll verzerrt und kalkweiß. Einen Kontrast dazu bildete allerdings ein gut abgezeichneter Abdruck einer kleinen Hand auf seiner linken Wange.

Er schüttelte sich schaudernd und schaute wild um sich. „Eine grässliche Frau stand plötzlich vor mir! Ich war dem Geist nicht gewachsen!", stieß er mit ausgebreiteten Armen und krächzender Stimme hervor. Dann fasste er sich an die getroffene Wange und rieb sie mit schmerzverzerrtem Gesicht. Wie zu sich selbst sprechend redete er nachdenklich weiter: „Seine Materialisation ist auch äußerst verblüffend gewesen."

Paula und Albrecht starrten ihn verdutzt an. Der verhinderte Exorzist blickte anklagend auf Albrecht Brandenburg und sprach: „Es war auch zu viel Unglaube an diesem Ort, sonst wäre es mir sicher gelungen, diesen gemeinen Geist zu vertreiben."

Albrecht fühlte sich einen Moment an der Misere

schuldig, dachte sich aber dann: „Wenn ich in meiner Backstube gepfuscht habe, kann ich auch nicht anderen dafür die Schuld zuschieben."

Mit diesem Gedanken hatte sich er sogleich wieder gefasst. Der Bäcker blickte schnell den Gang hinab, ließ die anderen einfach stehen und lief wieder um die Ecke zurück auf die Haustüre zu. Im Laufen überlegte er verwirrt: „So etwas gibt es doch nicht. Dem wurde doch eben eine geknallt und dann verschwindet dieses Wesen, löst sich in Luft auf. Ich fange gleich an, auch an Geister und Gespenster zu glauben." Er schüttelte fassungslos den Kopf. Als er die Haustüre erreicht hatte, riss er sie auf und lief auf die Straße vor sein Haus. Er sah die Straße hinauf und hinunter. Kein verdächtiges Geschöpf unterwegs.

Der Zeitungsartikel hatte ihn noch populärer gemacht, als er bereits war, deshalb wurde er vor seinem Geschäft gleich von vorübereilenden Passanten gegrüßt. Sie sahen ihn nach ihrem Gruß verwundert an, weil er sie zwar anstarrte, aber nicht zurückgrüßte. „So unhöflich ist der doch sonst nicht!"

Brandenburg ging unverrichteter Dinge wieder in sein Haus zurück. Dort hatte sich mittlerweile die ganze Belegschaft um den Geistlichen versammelt. Auch der Monteur war mit den Bäckern aus der Backstube in den Flur geeilt, als sie das Getöse gehört hatten, ebenso die beiden Verkäuferinnen. Der Geistliche berichtete ihnen mit immer wieder stockender Stimme die Begegnung mit einem weiß gekleideten Gespenst, das ihm, nachdem er es angerufen hatte, wortlos eine fürchterliche Ohrfeige verpasst hätte. Alle waren sehr beeindruckt, denn das Mal auf der Wange gab ein deutliches Zeugnis ab für die Wahrheit dieser Worte.

Nach einiger Zeit des Zuhörens halfen alle zusammen, um die Requisiten des verhinderten Exorzisten einzusammeln. Der prüfte alles sorgfältig und verschloss seinen gefüllten Koffer. Mit einem knappen Nicken, gefolgt von einem „Gott befohlen!" wandte er sich dann brüsk ab und verließ das Haus.

Er ließ eine Gruppe verwirrter und ängstlicher Menschen zurück und einen Hausgang voller Qualm.

Die Beieinanderstehenden fingen nach seinem Abgang an, wirr durcheinander zu reden. Albrecht Brandenburg rief schließlich mit lauter Stimme: „Schluss jetzt, Leute! Wir wissen nicht genau, was da gerade passiert ist, aber wir sollten trotzdem wieder an unsere Arbeit gehen. Durch Reden lösen wir den Sinn dieses seltsamen Geschehens auch nicht."

Paula war kurz davor, in Tränen auszubrechen. Als Albrecht das erschrocken bemerkte, nahm er sie behutsam beim Arm und schob sie vor sich her in ihren Aufenthaltsraum.

Zu seiner schier grenzenlosen Überraschung fing seine Frau, kaum waren sie drin, hemmungslos zu lachen an. Es schüttelte sie geradezu. Tränen liefen ihr aus den Augen und erst nach einigen Minuten und hektischem Luftschnappen gelang es ihr herauszupressen: „Mein Gott, war das komisch!" Dann folgte wieder ein ungebremster Lachanfall.

Albrecht, der anfangs angstvoll gedacht hatte, seine Frau hätte nun einen Nervenzusammenbruch, blickte erst ein wenig verdutzt auf seine kichernde, schnaufend laut heraus lachende Paula, dann kam auch ihm die umwerfende Komik der eben erlebten Szenen zu Bewusstsein.

Bald bogen sie sich vor Lachen, hielten sich nach kurzer Zeit die Bäuche, die ihnen inzwischen von dem Gelächter wehtaten, und beschworen sich abwechselnd gegenseitig, doch bitte mit dem Lachen aufzuhören.

Dann wurden beide schlagartig ernst. Eigentlich war

das, was sich eben in ihrem Haus zugetragen hatte, absolut nicht zum Lachen. Das Gespenst hatte sich in ihrem Hausflur gezeigt. Nicht einmal vor einem Vertreter der Kirche war es zurückgeschreckt. Es hatte ihm sogar handfest klargemacht, dass er mit all seinen Zeremonien nichts zu melden hatte. Diese Erkenntnis war Furcht erregend. Was würde noch geschehen und worauf würden diese unheimlichen Erscheinungen schließlich hinauslaufen? Klar war den beiden: Dieser Geist war skrupellos und brutal! „Ich werde jetzt den Wolfgang anrufen, vielleicht fällt dem etwas ein!" Albrecht wollte gleich den Telefonhörer aufnehmen.

Seine Frau meinte voller Skepsis hinter ihm: „Das glaube ich nicht. Meinst du vielleicht, die Polizei könnte das Gespenst gefangen nehmen oder erschießen? Ich gehe jetzt sofort zu unseren beiden Pfarrern. Vielleicht wissen die einen Rat."

Von dieser Rede ließ sich Albrecht nicht abhalten. Er wählte Sperbers Nummer und erreichte ihn auch sofort. Detailgetreu berichtete er dem Kommissar dann den Vorfall. Dem ging es ebenso wie den beiden Bäckersleuten, zunächst war er sehr erheitert, das schlug aber schnell in Besorgnis um. „Ich mache dreierlei", überlegte er, „ich schicke euch jemanden von der Spurensicherung vorbei. Vielleicht findet sich irgendeine Hinterlassenschaft, die unsere Kriminaltechniker mit ihren Funden im Schloss vergleichen können. Dann wüssten wir wenigstens, dass wir es mit dem selben Wesen zu tun haben. Außerdem weise ich die Streifen an, euer Geschäft und den übrigen Wohnblock engmaschig zu überwachen. Vor Luisas Zimmer in der Klinik werde ich jemanden postieren, sodass niemand ihr etwas tun kann."

„Danke Wolfgang. Ich glaube zwar mittlerweile auch an das Gespenst, aber gleichzeitig hoffe ich, es handelt sich doch nur um einen böswilligen Menschen. Nochmals vielen Dank. Ich rufe dich gleich an, wenn wieder etwas passieren sollte."

Wolfgang Sperber dachte daran, dass Konstanze an diesem Wochenende frei hatte. Karlo, der mit ihm Dienst hatte, war noch nicht eingetroffen. Es dauerte auch noch eine Weile, bis er in der Inspektion eintrudelte und stracks zu Sperber ins Büro kam. „Gut, dass du kommst, ich wollte schon eine Fahndung nach dir herausgeben", schnauzte ihn Sperber etwas verschnupft an, „du musst eine wichtige Recherche durchführen."

„Wolfgang, bitte entschuldige!", entgegnete ihm der junge Kollege mit schuldbewusstem Gesicht, „ich habe es an diesem Morgen nicht mehr ausgehalten und bin in das Café bei der Residenz, weil ich dachte, Lissi wäre dort. Ich habe gehofft, sie ließe mit sich reden. Meine Hoffnung war, sie käme daraufhin wieder zu mir zurück."

„War sie da?"

„Nein, sie hat gekündigt und ist zu ihrem neuen Macker gezogen. Jetzt ist dort eine neue Bedienung angestellt." Karlo stoppte und war für einen Moment in Gedanken versunken, dann hellte sich sein Gesicht auf: „Du, die ist echt sehr nett! Sie hat sich gleich, nachdem sie mir meinen bestellten Kaffee gebracht hatte, zu mir gesetzt. Glücklicherweise war um diese Tageszeit noch niemand im Lokal. Wir haben längere Zeit miteinander geredet. Sie hat mir erzählt, dass sie selbst vor nicht allzu langer Zeit von ihrem langjährigen Freund verlassen wurde. Sie kann sich also in etwa vorstellen, wie es in mir aussieht. Jedenfalls war sie sehr verständnisvoll."

Karlo bekam einen schwärmerischen Blick: „Wenn ich so über sie nachdenke, muss ich sagen, sie ist eigentlich ganz mein Typ. Eine sehr gute Figur, lange, mittelblonde Haare, erotische Stimmlage, schöne Augen und ein Wesen, das mich gleich angesprochen hat. Heute

Abend wollen wir uns in einer Gaststätte treffen, um miteinander zu Abend zu essen. Jeder von uns ist allein, warum also nicht?"

Karlo klang recht unternehmungslustig und optimistisch, fand Sperber: „Das klingt irgendwie sehr verheißungsvoll, so als wärst du bereits etwas in diese Frau verliebt?"

Karlo überlegte nicht lange. Grinsend sagte er: „Kann schon sein. Zumindest bin ich gespannt, wie es mit der weitergeht."

„Gut! Aber jetzt muss ich dich bitten, deine freigesetzten Energien auf Nachforschungen zu konzentrieren." Er übergab dem Kommissar eine Liste von den Namen der Firmen und ihrer Repräsentanten, die Albrecht Brandenburg und seine Frau wegen des Verkaufs ihrer Immobilien angegangen hatten. „Schau bitte nach, wer diese Leute sind und ob wir etwas über sie im Computer haben. Mich interessiert auch, wer hinter den aufgeführten Firmen steht. Achte besonders auf Kontakte zum organisierten Verbrechen. Unsere OK-Spezialisten können dir sicher dabei helfen."

Karlo nickte: „Mach ich gleich!" Dann verschwand er in Richtung seines Büros.

Harro von Weinheim, der junge Pfarrer von Sankt Gumbertus, war dabei, sich auf das Schreiben seiner Sonntagspredigt vorzubereiten. Er hatte seinen Computer bereits eingeschaltet. Vor ihm auf seinem Schreibtisch lagen einige aufgeschlagene theologische Kommentare und seine Bibel. Er hatte gelesen und überlegt, jetzt konnte er mit dem Schreiben beginnen. In etwa zwei Stunden würde er damit und mit der Festlegung des Gottesdienstablaufes fertig sein.

Bevor er anfing, schaute er noch einmal aus dem Fenster seines Arbeitszimmers auf den verschneiten

Platz vor dem Pfarrhaus. Unten liefen viele Menschen hin und her, einige bepackt mit Einkaufstaschen. „Ob die wohl Weihnachtseinkäufe getätigt hatten?“, überlegte Harro. Sein Blick fiel auf den goldenen Kopf des früheren Markgrafen Friedrich Wilhelm, die Brunnenfigur starrte wie üblich mit stolzem Blick auf die gegenüberliegende Häuserfront. Der Schnee hatte sich als flottes Hütchen auf seinem Haupt niedergelassen. Über der Straße neben dem Stadthaus war ein großes Schild mit der Aufschrift „Weihnachtsmarkt“ aufgehängt. Auf dem Plätzchen hinter dem alten Rathaus standen bereits die Buden. Anfang nächster Woche würde das Stadtoberhaupt den Markt eröffnen. Die Adventszeit hatte zwar noch nicht begonnen, aber alle schienen geradezu darauf zu brennen, sie möglichst früh anbrechen zu lassen. Ihm fiel der Spruch ein „Und wenn die fünfte Kerze brennt, hast du Weihnachten verpennt“. Vielleicht würde man eines Tages eine fünfte, sechste, siebte Kerze entzünden, bevor Weihnachten kam. „Wenn es nach einigen der Geschäftsleute ginge, könnte man mit dem Advent am liebsten schon Mitte Oktober beginnen“, dachte er ein wenig ungehalten, „und ich soll mich jetzt auf meine Predigt zum Ewigkeitssonntag vorbereiten.“ Noch eine Woche bis zum ersten Adventssonntag. Der letzte Sonntag des Kirchenjahres war für ihn immer besonders wichtig. Die Menschen brauchten doch auch Tage, die sie an ihre Endlichkeit erinnern. An diesem Sonntag würden viele die Gräber ihrer Lieben besuchen und in den Gottesdiensten würde der Verstorbenen des vergangenen Kirchenjahres gedacht.

Den Gottesdienst am nächsten Sonntag wollte er zusammen mit seiner Kollegin, Freundin, Geliebten Maria Sebald gestalten. Der erste Adventsgottesdienst würde den Anbruch einer ganz besonderen Zeit markieren, auf die er sich trotz mancher zusätzlichen Dienste schon sehr freute.

Er begann gerade mit dem Tippen, als es an seiner Haustüre läutete. Etwas unwillig stand er auf und öffnete im Flur die Türe. Frau Brandenburg stand mit verlegenem Lächeln vor ihm. „Nanu, in der Hauptgeschäftszeit besuchen Sie mich, Frau Brandenburg, da muss ja ein wichtiger Grund für Ihren Besuch vorliegen", sagte er spontan.

„Das stimmt, Herr Pfarrer. Ich komme in großer Sorge zu Ihnen. In unserem Haus gehen merkwürdige Dinge vor. Kann ich mit Ihnen darüber sprechen?"

„Aber selbstverständlich, kommen Sie doch herein." Er ging mit der Bäckersfrau in sein Arbeitszimmer, bat sie, an dem großen Tisch in der Mitte des Raumes Platz zu nehmen, und setzte sich erwartungsvoll ihr gegenüber.

Paula Brandenburg rang ihre Hände: „Ich weiß nicht recht, wo ich anfangen soll." Harro lehnte sich zurück und sagte ruhig: „Lassen Sie sich Zeit, ich höre Ihnen einfach zu."

Nun hatte die Geschäftsfrau einen Anfang gefunden und ihr Bericht sprudelte geradezu aus ihr heraus. Von einigen der Ereignisse hatte Harro natürlich in der Zeitung gelesen, aber aus dem Mund der Frau hörten sie sich doch wieder ganz anders an. Als sie auf die Sache mit dem missratenen Exorzismus zu sprechen kam, musste sich Harro auf die Lippe beißen, um nicht schallend loszulachen, aber er wollte sein Gegenüber nicht irritieren. Sie sollte alles, was ihr am Herzen lag, ganz in Ruhe vor ihm ausbreiten können.

Als Paula Brandenburg alles erzählt hatte, sah sie ihn hoffnungsvoll an. „Ich kann verstehen, dass Ihnen diese ganze mysteriöse Angelegenheit Angst und Sorge macht", entgegnete der Pfarrer vorsichtig, „was meinen Sie, kann ich für Sie tun?"

„Das weiß ich jetzt auch nicht genau. Vorher dachte

ich, so ein Exorzismus durch einen Pfarrer könnte das Gespenst vertreiben, aber nachdem das so schiefgegangen ist, bin ich unsicher, ob man diesem Geist überhaupt zu Leibe rücken kann."

„Man müsste auf die Ursache dieser Erscheinung kommen", überlegte Harro laut, „so viel ich weiß, soll dieses Gespenst doch immer dann in Erscheinung getreten sein, bevor irgendein Unglück im Haus der Hohenzollern geschehen ist. Mir ist offen gestanden nicht klar, welchen Sinn so eine Ankündigung haben soll. Man kann wohl nichts machen, wenn die Katastrophe bereits von irgendjemand im Himmel oder in der Hölle beschlossen ist. Sie kommt und man muss versuchen, damit fertig zu werden. Eine Vorbereitung auf das Unbekannte kann es nicht geben. Der Geist kann eigentlich nur Angst und Schrecken verbreiten. Irgendwie pervers, finde ich. Die andere Ursache für dieses Erscheinen könnte sein, Sie zu einer bestimmten Handlung zu pressen. In dem Fall würde das Gespenst die Interessen bestimmter Personen verfolgen. Dann ist zu vermuten, die Erscheinung ist von Menschen konstruiert. Die Frage ist nur, wie sie das bewerkstelligen. Wenn jemand auftaucht, zuschlägt und dann einfach verschwindet, muss ein perfekter Trick dahinterstecken. Ich habe einmal gelesen, dass ein bestimmter Zauberkünstler Menschen auf der Bühne mithilfe von raffiniert angebrachten Spiegeln erscheinen und wieder verschwinden ließ. Aber beim Wirken von einem Nachahmer dieser Kunststückchen blieben am Ort des Geschehens nach seiner Aktion einige Spiegel zurück. Dem ist aber nicht so. Ich muss gestehen, dass ich ratlos bin. Wenn Sie möchten, kann ich natürlich in Ihr Haus kommen, einige Gebete und einen Segen für alle Menschen darin sprechen. Ich tue das sofort, auch auf die Gefahr hin, mir dabei einen Satz heißer Ohren, sprich Ohrfeigen, einzuhandeln."

„Schaden kann das, außer Ihnen vielleicht, niemandem", sagte Paula Brandenburg in ihrer pragmatischen Art, „ich bitte Sie, das doch einmal zu versuchen."

„Gut! Wenn Sie wollen, komme ich gleich mit. Ich bin bereit, Ihnen zu folgen."

Etwas theatralisch fügte er hinzu: „Aufs Pferd, aufs Pferd! Viel Feind, viel Ehr!" Er sah Paulas Betroffenheit, die seine Flachserei angesichts der gefährlichen Lage wohl fehl am Platz fand.

Harro schaltete den PC aus, schnappte sich seinen Talar und steckte ihn in eine Tasche. Seiner Freundin Maria hinterließ er eine schriftliche Nachricht, damit sie erfuhr, wo er sich aufhielt.

Als er alles erledigt hatte, sagte er zu Frau Brandenburg: „Ich bin bereit, wir können gehen."

Nachdem er den Unwillen der Bäckersfrau über seine flapsige Bemerkung erregt hatte, bemühte er sich nun beim Verlassen des Pfarrhauses besonders um ein seriöses Auftreten.

Sie konnten nicht wissen, was kurz vorher geschehen war.

Alles begann damit, dass ein junger Mann ganz unscheinbar gekleidet mit einer schwarzen Skimütze auf dem Kopf auf die Bäckerei Brandenburg zugegangen war. Nachdem er sich vorsichtig nach allen Seiten umgeblickt hatte, rollte er die Mütze, die sich nun als wollene Sturmmaske entpuppte, über sein Gesicht. Jetzt waren nur noch seine Augen und sein Mund zu sehen. Er betrat mit einigen schnellen Schritten den Laden, in dem sich zwei Verkäuferinnen und drei Kunden aufhielten. Der Mann hatte einen Revolver aus seinem Hosenbund geholt und brüllte laut: „Das ist ein Überfall!" Dann richtete er die Waffe auf die Kunden und schrie: „Alle auf den Boden legen!" Verängstigt ließen sich die drei mehr oder weniger schnell auf dem Fußboden nieder. Der Täter schwenkte die Waffe auf die beiden Verkäuferinnen. „Alles Geld aus der Kasse, schnell!" Er hielt ihnen einen Beutel hin: „Da rein hopp, hopp, sonst knallts! Nur die Scheine!" Totenbleich und fahrig bemühten sich die beiden Frauen, das in der Kasse liegende Geld möglichst schnell zusammenzuraffen und in den Beutel zu stecken. Als sie alles herausgeholt hatten, sagte eine von ihnen verschüchtert: „Das ist alles!"

„Liegen bleiben, sonst schieße ich!", brüllte der Räuber in Richtung der angstvoll am Boden Liegenden. Dann riss er die Ladentüre auf und stürmte hinaus.

Gerade in dem Moment kamen Paula Brandenburg und Harro von Weinheim in der Nähe der Bäckerei an. Harro sah den Mann mit der Pistole in der Hand und der Sturmmaske vor dem Gesicht aus dem Laden rennen. Er rief Frau Brandenburg zu: „Das ist ein Überfall!" Dann ließ er seine Tasche einfach fallen und rannte dem Mann hinterher, ohne zu überlegen, ob der auf ihn schießen würde. Paula Brandenburg lehnte sich an die Hauswand und konnte nicht fassen, dass sie schon wieder von einer Katastrophe ereilt worden war.

Der Räuber hatte einen größeren Vorsprung und war anscheinend gut trainiert. Harro hatte jedenfalls Mühe, ihn einzuholen.

Die anderen Passanten blieben zwar stehen und sahen den Rennenden zu, waren aber entweder nicht geistesgegenwärtig genug, um einzugreifen, oder sie wagten es nicht, sich dem Mann mit der Pistole in der Hand in den Weg zu stellen. Einige von ihnen versuchten, in Deckung zu gehen. Manche liefen schnell davon.

Nach etwa fünfzig Metern gab es plötzlich einen lauten Knall und gleichzeitig blitzte es blendend grell auf. Der Verbrecher strauchelte und stürzte der Länge nach hin. Die Pistole war in hohem Bogen durch die Luft geflogen und lag nun einige Meter weit weg. Den Beutel hatte er in der Hand festgehalten. Harro war rasch bei ihm und ließ sich mit seinem ganzen Gewicht auf den am Boden Liegenden fallen. Ohne viel nachzudenken riss er dem Mann den Arm auf den Rücken und drückte ihn mit aller Kraft nach oben. Der Räuber schrie auf und blieb dann reglos liegen. Dabei fluchte er jedoch laut. Harro ließ keinen Moment locker. So verharrten die beiden, bis ein Polizeiauto neben ihnen hielt.

Zwei Polizisten sprangen heraus. Harro gab den Arm des Mannes frei, damit die Beamten dem Räuber Handschellen anlegen konnten. Sie richteten ihn auf und schoben ihn mit routinierten Griffen in das Polizeiauto. Dort hielt ihn einer der Polizisten mit der Waffe in Schach. Der andere nahm den Beutel mit dem Geld an sich. Harro wies ihn auf die Pistole hin, die nicht weit entfernt auf dem Gehsteig lag. Der Polizist nahm die Waffe vorsichtig mit einem Plastikbeutel auf und steckte sie sorgsam hinein, immer darauf bedacht, sie nicht zu berühren.

Nun traf auch ein zweiter Streifenwagen ein. Die Beamten stiegen aus und wurden von ihrem Kollegen über den Sachverhalt unterrichtet. Harro musste ihnen seinen Namen sagen. Er schilderte ihnen, immer noch sehr aufgeregt, den Vorfall aus seiner Sicht. Inzwischen hatte sich ein Kreis von Menschen um Harro und die Beamten gebildet. Schnell hatte sich die Nachricht verbreitet, dass die Bäckerei überfallen worden war. Einige starrten den Täter im Polizeiauto an, andere hörten gespannt der Schilderung von Harro zu. Als er geendet hatte, klatschten sie Beifall und riefen: „Bravo!"

Jetzt wurde es den Polizisten zu viel. Sie baten den Pfarrer, mit ihnen zur Inspektion zu fahren, um sein Erlebnis dort zu Protokoll zu geben. Harro stieg in den Wagen ein und beide Streifenwagen fuhren weg.

Als Harro nach der Prozedur bei der Polizei wieder in seiner Wohnung eintraf, erwartete ihn seine Freundin dort schon gespannt. Maria Sebald war in tiefer Sorge um ihn gewesen. Sie hatte in der Bäckerei angerufen und so erfahren, was sich dort abgespielt hatte. Ihre Besorgnis hatte sich schnell in Ärger verwandelt. Warum musste Harro den Helden spielen und sein Leben aufs Spiel setzen? Auch die Sache mit seiner Aktion „Weiße Frau" hätte schiefgehen können. „Wer weiß, wer hinter diesem Spuk steckt!", überlegte sie. Bisher war von der Erscheinung nur Gewalt ausgegangen. Warum sollte es anders sein, wenn Harro sich einmischte?

Jetzt war Harro da. Schon beim Empfang durch seine Freundin spürte er eine gewisse Kühle, die ihn innerlich in Deckung gehen ließ. Als beide sich im Wohnzimmer gegenüber saßen, versuchte er, Marias Stimmung aufzuheitern, indem er sagte: „Fragt eine Hausfrau die andere: ‚Was hältst du von Spiritualität?' ‚Gar nichts', antwortet die andere, ‚ich koche mit Gas.'"

„Ha, ha. Deine Witze kannst du dir sparen. Mit denen lasse ich mich nicht ablenken." Marias Ton hatte etwas Inquisitorisches. „Ich habe in der Bäckerei angerufen und weiß alles, was geschehen ist. Deine großartige Tat ist ja in aller Munde. Ich möchte nur wissen, was dich dazu gebracht hat, hinter einem bewaffneten Räuber her zu rennen? Die Wahrscheinlichkeit, dass er dich erschossen hätte, wenn er im Besitz einer Pistole war, war doch ziemlich groß! Harro, sag mir bitte, warum du das getan hast. Mir wird im Nachhinein noch angst und bang um dich."

„Liebe Maria, ich habe in dem Moment überhaupt nicht nachgedacht! Als ich den Räuber sah, bin ich einfach losgerannt. Im Nachhinein halte ich das natürlich auch für verrückt und lebensgefährlich, aber es war wohl irgendwie der Jagdeifer, der mich in dem Moment beherrscht hat."

„Ach, ich bin so froh, dass dir nichts passiert ist, du Idiot!“ Maria wischte sich die Tränen vom Gesicht und warf sich in Harros Arme. Ein wenig später, beide waren noch erhitzt von ihrer besonderen Versöhnungsfeier, diskutierten sie über das Phänomen „Weiße Frau“.

„Und wenn es dieses Gespenst nun wirklich gibt?“, gab Maria zu bedenken.

„Dann müsste sein Auftreten doch irgendeinen Sinn haben“, ergänzte Harro, „man hat der Weißen Frau doch die Eigenschaft zugeschrieben, sie würde vor Unglücken auftreten. Ich verstehe das nicht. Wenn ein Unglück tatsächlich eintritt, ist eine Vorhersage doch unnötig. Sinnvoll wäre nur, wenn man es durch irgendwelche Sicherheitsmaßnahmen abwenden könnte, das scheint aber in der Geschichte der Weißen Frau nicht vorgesehen zu sein. Sie verbreitete immer nur Angst und Schrecken vor dem Unbekannten, das sich drohend aufbaute.“

„Die Frage ist also: Was will dieser seltsame Geist – immer vorausgesetzt es gibt ihn?“

„Ich denke immer noch, dass da ein Trick im Spiel ist, den man nur noch nicht durchschaut hat. Dennoch, auch in dem Fall müsste das Spiel einen Sinn haben. Wenn man diesen Sinn erkunden könnte, würde das bestimmt den Fall lösen und den Spuk beenden. Ich denke auch, man müsste die Weiße Frau fragen können, was sie eigentlich will.“

In der Bäckerei herrschte indes große Aufregung. Die Betroffenen waren noch immer mehr oder weniger im Schockzustand. Als der Räuber den Laden verlassen hatte, riefen die Überfallenen sofort per Mobiltelefon die Polizei. Nachdem Wolfgang Sperber angeordnet hatte, dass sich die Streifen in der Nähe des Geschäftes halten sollten, waren die Polizisten sehr schnell zur Stelle gewesen. Natürlich sahen sie die beiden Männer unweit des Tatortes am Boden und fuhren gleich auf sie zu. Wenig später kamen andere Beamte in den Laden und begannen, die Zeugen des Überfalls zu verhören. Neben den Überfallenen hatten sich jetzt auch die anderen Angestellten des Geschäftes, und natürlich Paula und Albrecht Brandenburg, dort eingefunden. Paula war mit ihren Nerven am Ende. Sie hatte sich an ihren Mann gelehnt und weinte und zitterte heftig. Albrecht versuchte, sie zu beruhigen. Er war froh, als einige Sanitäter und ein Arzt kamen. Sie sahen sich nach Verletzten um, trafen zum Glück aber nur sieben zutiefst geschockte, aber sonst völlig unverletzte Menschen an. Der Arzt verteilte leichte Beruhigungsmittel an sie.

Bei Paula Brandenburg hatte er wohl den Eindruck, dass sie intensivere Hilfe nötig hatte, und wies die Sanitäter an, sie in den Krankenwagen zu bringen. Dort gab er ihr zunächst eine Beruhigungsspritze.

Albrecht wies seine Angestellten an, sie sollten den Laden abschließen.

Noch bevor Brandenburgs Angestellte den Laden abschlossen, war auch Wolfgang Sperber dort angekommen, um sich einen Überblick über die Lage zu machen. Er gab den Beamten vor Ort den Auftrag, alle Zeugen zur Inspektion zu bringen und dort ihre Aussagen protokollarisch aufzunehmen. Er selbst fuhr auch zurück zu seiner Dienststelle.

Karlo Grollmisch hatte bereits mit dem Verhör des Täters begonnen. Der Mann hieß Albert Haschke und wohnte in Ansbach. Beim Nachsehen war schnell festgestellt worden, dass er ein polizeibekannter Kleinkrimineller war, der eine ganze Latte von Vorstrafen hatte. Er war bereits wegen Körperverletzung und Diebstahldelikten mehrmals im Gefängnis gesessen.

Der Mann zeigte sich geständig und gab an, er sei

arbeitslos und wollte sich mit dem Überfall Geld beschaffen. Die Untersuchung seiner Pistole hatte schnell ergeben, dass es sich bei ihr nur um ein täuschend echt aussehendes Plastikspielzeug handelte. In den folgenden Stunden wechselten sich Wolfgang Sperber, Oberstaatsanwalt Doktor Sauber und Karlo Grollmisch mit der weiteren Vernehmung ab. Es ergaben sich jedoch trotz intensivster Befragung keine Hinweise darauf, dass der Mann irgendwelche Hintermänner hatte. Auch die Überprüfung seiner Person im Internet zeitigte keinen Erfolg. Die drei Beamten kamen zu dem Schluss, dass es sich um einen Einzeltäter handelte, der mit dem Überfall seine Privatkasse füllen wollte. Nachdem Doktor Sauber der Meinung war, dass in diesem Fall Fluchtgefahr bestand, wurde der Mann in Untersuchungshaft genommen.

Als Nächstes lasen Sperber und Karlo die Befragungsprotokolle der Zeugen. Auch diese brachten keine neuen Erkenntnisse. Erstaunt nahmen sie allerdings im Protokoll der Befragung des Pfarrers Harro von Weinheim dessen Aussage zur Kenntnis, dass der Täter durch einen weißen Blitz geblendet worden war und dadurch gestürzt sei. Diese Beobachtung wurde auch von Zeugen bestätigt, die sich zu dieser Zeit auf der Straße befunden hatten.

„Wir müssen nach den Überresten einer Blendgranate suchen", kam es Sperber in den Sinn. Er rief sofort beim Erkennungsdienst an. Sperber wusste, dass Blendgranaten durch den lauten Knall, den Helligkeitsblitz und die Druckwelle, die von ihnen ausgehen, bei Menschen unter anderem Gleichgewichtsstörungen und eine vorübergehende Gehörlosigkeit hervorrufen. Verschiedene Zeugen hatten von einem sehr lauten Knall und einem hellen Blitz berichtet. Der Täter war dadurch offenbar aus dem Gleichgewicht gekommen und gestürzt. Er war anscheinend durch diese Einwirkungen auf seine Person momentan auch so außer Gefecht gesetzt gewesen, dass er keinen Widerstand gegen Harro von Weinheim leisten konnte. Der Pfarrer konnte ihn deswegen auch verhältnismäßig leicht auf dem Boden festhalten.

„Etwas von der Hülle der Granate könnte noch in der Nähe des Ortes, an dem die Festnahme stattgefunden hatte, herumliegen?“, vermutete Sperber.

Er beorderte sofort eine Streife dorthin. Bereits nach kurzer Zeit bekam er die Nachricht, dass tatsächlich einige kleine Plastikteile gefunden worden waren, die eventuell von der Granate stammten.

„Wer benutzt Blendgranaten?“, überlegte Sperber. „SEK und Militär.“

Auf dem Schwarzmarkt wurden diese Dinger vielleicht auch gehandelt. Seltsamerweise war niemand beim Zünden beobachtet worden. Vielleicht waren alle Menschen auf der Straße durch die beiden Männer abgelenkt, die durch die Straße rannten?

Wer konnte aber wissen, dass zu diesem Zeitpunkt ein Überfall in der Bäckerei stattfand und dass der Täter in diese Richtung flüchten würde? Hatte der Mann vielleicht doch einen oder mehrere Komplizen? Wollte ihn jemand in eine Falle laufen lassen, vielleicht sein Auftraggeber? Wolfgang Sperber stand, bildlich gesprochen, vor einem Haufen Fragen, die er beantworten musste.

Einzig dass ein Gespenst mit der Sache zu tun hatte, schloss er aus. Gespenster von der Art der Weißen Frau gehörten einer anderen Zeit an, in der es noch keine solchen Blendwerke gab. Dass sie sich irgendwo einer Fortbildung unterzogen hatte, um up to date zu sein, konnte er sich auch nicht vorstellen. Jedenfalls wurden die Reste der Hülle des Kampfstoffes bereits zu den Kriminaltechnikern gebracht. Sie würden vielleicht Alter, Herkunft und sogar DNA-Spuren finden. So hoffte er zumindest.

Er rief Karlo über das Haustelefon zu sich: „Wir müssen unseren Räuber gleich noch einmal verhören. Mir scheint, der hatte doch Mittäter. Er ist, vermute ich, in eine Falle gelaufen. Vielleicht wurde sie für ihn aufgebaut, falls sein Überfall schiefgehen sollte. Wenn wir herausbekommen könnten, wer seine Auftraggeber sind, dann würde sich der Nebel um die ganze Geschichte bestimmt lichten."

Als sie jedoch in der Untersuchungshaft anriefen, wurde ihnen von dem Dienst habenden Beamten gesagt, der Häftling wäre freigelassen worden. Er sei vor wenigen Minuten von seinem Rechtsanwalt abgeholt worden. „Der Anwalt hat ganz normale Entlassungspapiere der Staatsanwaltschaft vorgelegt."

Sperber beendete das Gespräch und rief gleich Doktor Sauber an.

„Das kann überhaupt nicht sein!", empörte sich dieser, „ich habe ihn doch erst ins Gefängnis gesteckt. Die Entlassungspapiere wären von mir unterzeichnet worden. Zum gegenwärtigen Zeitpunkt hätte ich sie bestimmt nicht unterschrieben. Da stecken ganz gewiefte Leute dahinter. Ich schicke sofort einen Durchsuchungsbeschluss für seine Wohnung in Ihr Sekretariat."

Sperber erwiderte: „Ich gebe gleich eine Fahndung nach Albert Haschke heraus. Vielleicht erwischen wir ihn, bevor er untertaucht."

„In Haschkes Haut möchte ich jetzt nicht stecken!", sagte er zu Karlo. Wolfgang Sperber verzog sein Gesicht zu einer skeptischen Miene: „Ich befürchte, der ist für seine Anstifter jetzt nur noch ein lästiger Mitwisser. Es würde mich nicht wundern, wenn wir ihn bald als Leiche wieder sehen."

Karlo nickte, dann warf er ein: „Ich habe mich in der Zwischenzeit mit den Firmen befasst, die an den Immobilien der Brandenburgs Interesse gezeigt haben. Bis auf eine sind alle offenbar sauber, aber bei der ‚Prima Estate' bin ich hängen geblieben. Sie hat ihren Hauptsitz in Italien. Ihr Repräsentant ist ein gewisser Sandro Rossi. Ich will mich nachher mit der Abteilung für organisierte Kriminalität über ihn und seine Firma unterhalten. Vielleicht sagt denen dieser Name etwas."

Sperber nickte: „Du vermutest, dass die Anschläge auf das Konto der Mafia gehen? Für die wäre der Gesamtkomplex in dieser Lage der Stadt ein Fressen. Eine vielfältig zu nutzende Gelegenheit zur Geldwäsche. Die könnten natürlich auch als Drahtzieher und Anstifter hinter Haschke stecken. Ich bin gespannt, was unsere Kollegen über die Firma und über Sandro Rossi herausfinden. Wir bekommen einen Durchsuchungsbeschluss von Doktor Sauber. Trommle einige Kollegen zusammen. Wir fahren sofort hin und sehen nach, ob wir etwas bei ihm finden, was uns weiterhilft. Er selbst ist wohl kaum daheim."

Karlo legte ihm das Bild eines Mannes hin: „Das ist Sandro Rossi. Ich glaube, wir sind auf eine heiße Spur gestoßen. Er steht im Verdacht, ein höheres Mitglied der Mafia zu sein. Er war schon einige Male angeklagt wegen Beschäftigung Illegaler und Geldwäsche. Leider konnte man ihm nie etwas hundertprozentig nachweisen, so fielen die Strafen immer recht mild aus. Die Firma Prima Estate steht laut Abteilung OK im Verdacht, ein Ableger der Cosa Nostra, also der sizilianischen Mafia, zu sein, die in Köln einen wichtigen Stützpunkt ihrer Baumafia hat. Sandro Rossi, wohnhaft in Ansbach übrigens, ist also ein ‚Uomo d'onore', also ein Mann der Ehre, wie sich die Mafiosi nennen."

Sperber nickte. Ihm war bewusst, dass die Zeiten, in denen die italienische Mafia Deutschland nur als Ruheraum nutzte, längst vorbei waren. In den siebziger und achtziger Jahren parkten die großen Verbrecherclans manche ihrer „Soldaten" in Bella Germania bei Freunden, um sie nach einem begangenen Anschlag oder Mord in Sicherheit zu bringen. Gab es Ärger mit der örtlichen italienischen Justiz, erschien der Fluchtweg über den Brenner nach Deutschland ebenfalls der beste Ausweg zu sein. Das Rechtshilfeersuchen steckte seinerzeit noch in den Kinderschuhen und die internationale Zusammenarbeit bestand nur aus Absichtserklärungen auf dem Papier. Die tödlichen Schießereien vor dem italienischen Restaurant „Da Bruno" in Duisburg im August 2007 ließen den Schluss zu, dass sich an dem Zustand nicht sehr viel geändert hatte. Es sah so aus, als ließe der internationale Datenaustausch immer noch zu wünschen übrig. Bis zu dem Blutbad hatte man hierzulande den Einfluss der italienischen Verbrechersyndikate total unterschätzt.

Die Clans waren durch ihre engen Familienbande sehr schwer mit V-Leuten zu unterwandern. Francesco Forgione aus Kalabrien, der zwischen 2006 und 2008 die parlamentarische Antimafia-Kommission unter der Regierung Prodi leitete, erläuterte in seinem Buch „Mafia Export", wie sich 'Ndrangheta, Cosa Nostra und Camorra weltweit und speziell in Deutschland die Territorien und Kriminalitätsbereiche aufgeteilt hatten. Insgesamt erwirtschaftete die Mafia als Topfirma Italiens einen Gesamtjahresumsatz von einhundertdreißig Milliarden, davon achtunddreißig Milliarden allein über Schutzgelderpressung, die auch in Deutschland stattfand.

Die Baumafia schleuste, unter anderem, über Scheinrechnungen Millionen am Fiskus vorbei. Vorzugsweise waschen die „Familien" ihre illegalen Gewinne über diverse Investments in Hotels und andere Immobilien. Wenn sich in Deutschland die Gegenbewegung des Staates gegen die Mafia nicht besser in die Gänge bringen ließ, würde es immer wieder darauf hinauslaufen wie im Fußball: Am Ende gewinnen die Italiener.

Wolfgang Sperbers Entschluss stand nach diesen

Überlegungen fest. „Wir statten dem Uomo heute noch einen Besuch ab. Jetzt mach dich fertig, wir fahren los, um zuerst die Wohnung von Albert Haschke zu durchsuchen und uns nach seinen Kontakten umzuhören."

Karlo war begeistert. Endlich Action. Die Suche nach Haschke und dann noch die Befragung eines Mafiabosses; das war es, wonach sein Abenteurerherz verlangte.

Zusammen mit einigen Kollegen erreichten die beiden Kommissare kurz darauf Haschkes Wohnung in einem größeren Häuserblock. Als sich auf ein Läuten hin niemand meldete, versuchten es die Beamten bei einem Wohnungsnachbarn.

Als sie eingelassen wurden, gingen sie zunächst zu Haschkes Wohnungstür. Sie war nur angelehnt. Die Polizisten zogen ihre Waffen und stürmten hinein. In den Räumen sah es aus, als hätten die Vandalen gehaust. Alles war durchwühlt. Der Inhalt von Schubkästen und Schränken war verstreut. In der Wohnung war kein Mensch außer Albert Haschke, den sie in der Küche am Boden liegend fanden. Er war blutüberströmt. Man hatte ihn wohl mit einem Messer getötet. Sperber wies seine Kollegen an, die Wohnung wieder zu verlassen. Dazu liefen sie einer hinter dem anderen und steckten ihre Hände dabei in die Taschen, um möglichst zu vermeiden, selbst noch mehr Spuren zu hinterlassen. Wahrscheinlich hatten sie schon beim Hereinstürmen jede Menge Haare und Hautpartikel verstreut.

Sperber rief bei der Leitstelle an und forderte Verstärkung an, um Absperrmaßnahmen durchzuführen und gleich mit der Befragung in den umliegenden Häusern zu beginnen. Der Erkennungsdienst und die Gerichtsmedizin sollten ebenfalls in Marsch gesetzt werden. Er ließ eine Wache an der Wohnungstüre zurück und machte sich mit den anderen an die Befragung der Hausbewohner, die zum größten Teil zu Hause waren. Leider hatte niemand Haschke in Begleitung kommen sehen. Geräusche aus der Wohnung waren zwar gehört worden. Die Mitbewohner meinten jedoch, bei Haschke würde, wie schon öfter, lautstark gefeiert.

Ein Mann wies darauf hin, dass Haschke Stammgast in der Gaststätte „Wilder Markgraf" in der Endresstraße gewesen wäre. Weil Karlo den Betreiber schon einmal in einer Kunstraubgeschichte befragt hatte, wurde er von Sperber hingeschickt, um von dem Wirt Herbert Reese etwas in Erfahrung zu bringen. Reese war früher selbst ein „Knasti" gewesen. Inzwischen war er jedoch ins bürgerliche Lager gewechselt und vermied strikt jede Verwicklung in kriminelle Tätigkeiten. Zu seinen Gästen aber gehörten etliche Typen aus dem Milieu, dazu trafen sich dort jede Menge Schluckspechte, um gemeinsam an ihrem Alkohollevel zu arbeiten.

Als Karlo im „Wilden Markgrafen" eintraf, erkannte ihn Reese, der hinter der Theke stand, sofort. Der stämmige Mann knurrte: „Sie schon wieder. Ich habe Ihnen doch schon einmal gesagt, dass Ihre Anwesenheit meine Gäste verstört."

„Genau, und damals haben Sie mir einen ganz wichtigen Tipp gegeben, ohne den es uns viel schwerer gefallen wäre, den Täter zu fassen."

Reese beugte sich über den Tresen: „Und was darf's diesmal sein?"

„Es geht um Albert Haschke. Er soll Stammgast in Ihrem Lokal sein. Wir haben ihn heute tot in seiner Wohnung gefunden. Meine Frage an Sie ist: Mit wem ist Haschke hier in letzter Zeit gesehen worden?"

„Also, das haut mich um. Der Albert!", Reese schüttelte fassungslos den Kopf, „hat man ihn umgebracht?"

„Wie kommen Sie auf diesen Gedanken?"

„Der Albert kam hier fast täglich her. Meistens hielt

er sich so lange auf, bis er ziemlich abgefüllt war. Kein Vollrausch, aber Schlagseite, wenn Sie verstehen, was ich meine. Dann ist er jedes Mal gegangen. Er hat nie Ärger gemacht. Seine Kumpels sitzen dort drüben."

Reese deutete auf einen Tisch, an dem mehrere Männer gerade lautstark versuchten, Ordnung in die Welt zu bringen; leider schien das nicht zu gelingen. Vermutlich weil in ihren Köpfen bereits das Chaos tobte.

„Hat sich Haschke in letzter Zeit hier mit jemandem getroffen?"

„Ja, mir sind zwei südländisch aussehende Männer aufgefallen, mit denen er sich ein- oder zweimal an einen Tisch gesetzt hat."

Karlo reichte Reese das Bild von Sandro Rossi hinüber. „War das zufällig einer davon?"

Der Wirt zog seine Lesebrille aus der Brusttasche und betrachtete das Porträt: „Ja, das war einer von ihnen. Der andere war so ein Muskelprotz, vermutlich der Mann fürs Grobe."

„Hat Haschke irgendwelche Bemerkungen fallen lassen nach den Treffen?"

„Fallen gelassen ist das falsche Wort; herumgebrüllt hat er, damit es alle hören sollten. Er habe einen größeren Auftrag an Land gezogen, hat er geschrien. ‚Much money for me!' Und dann ist er herumgetanzt und die anderen haben ihn neidisch angeschaut."

„Danke Herr Reese, ich denke, Sie haben mir auch heute wieder geholfen."

„Danken Sie mir nicht. Wenn mal was bei mir ist, können Sie sich vielleicht an meine Hilfe erinnern. Aber besser, wir sehen uns nicht so oft." Er grinste schief. Karlo winkte ihm zu und verließ das laute Lokal.

Wieder bei Sperber angekommen, berichtete er ihm das Gehörte.

„Wir fahren jetzt sofort zu Rossi. Zwei Streifenbesatzungen sollen mitkommen und sich vor dem Haus postieren, während wir ihn vernehmen."

Sandro Rossi hatte sich eine herrschaftliche Villa in bester Lage Ansbachs bauen lassen. Das Grundstück, auf dem sie stand, war ringsum mit einer hohen Mauer umgeben. Kameras wohin man blickte. Die beiden Kommissare läuteten am Tor zu dem parkähnlichen Garten. Die Streifenwagenbesatzungen hatten ihre Position etwas versteckt bezogen und warteten auf Anweisungen.

Von einer Linse beobachtet wurden Sperber und Karlo gefragt, wer sie seien und was sie wollten. Sperber hielt seinen Ausweis vor die Kamera und sagte, sie kämen von der Kriminalpolizei in Ansbach und wollten Herrn Sandro Rossi sprechen. „Einen Moment", sagte die Lautsprecherstimme, dann war erst einmal nichts weiter zu hören. Nach einiger Zeit summte es am Tor. Karlo drückte es auf. Hundegebell war plötzlich zu hören. Karlo tastete nach der Pistole unter seinem Mantel. Aber die Tiere waren anscheinend eingesperrt. So gingen sie unbehelligt auf einem gepflasterten Weg auf das Haus zu. Auf halber Strecke kam ihnen ein Hüne von Mann entgegen. Dem Aussehen nach ein Südländer. Sein gespannt sitzendes Jackett ließ auf gewaltige Muskelberge schließen, die sich unter dem Stoff verbargen. „Kommen Sie mit. Signore Rossi erwartet Sie", forderte er sie knapp in gebrochenem Deutsch auf. Der schwergewichtige Mann ging ihnen erstaunlich leichtfüßig voraus und in das Haus hinein. Innen führte er sie durch eine helle, mit wunderschön gemasertem Marmor belegte Halle in ein großes Zimmer. Karlo und Sperber sahen sich kurz um. Zu ihrer Rechten flackerte Feuer in einem Kamin. Die Wände waren geschmackvoll mit modernen Gemälden behängt. Durch große Fenster blickte man auf die verschneite Terrasse und den weitläufigen Garten. In der Mitte des Raumes stand eine cremefarbene Ledergarnitur, in der ein gut aussehender Mann um die fünfzig in chicer Kleidung und mit nach hinten gekämmtem, schwarzem, von Gel glänzendem Haar sie erwartete. Seine edlen Gesichtszüge erinnerten an Abbilder von römischen Kaisern, die leicht ergrauten Schläfen an sein fortgeschrittenes Alter.

Neben ihm räkelte sich eine wohlproportionierte Blondine, Typ lebende Barbiepuppe, die sie aus großen Augen anstarrte. Ihr Mund bewegte sich dabei automatenhaft. „Kaugummi", resümierte Sperber. Ihr Gesicht machte einen etwas „blonden" Eindruck. Sein Blick ging zu Rossi, der eben mit einer gewandten Bewegung aufgestanden war und ihnen freundlich lächelnd ein paar Schritte entgegenging. „Buona sera oder Grüß Gott, wie man bei Ihnen sagt", begrüßte er sie charmant mit unverkennbarem italienischem Zungenschlag, „was führt die Polizia zu mir? Habe ich falsch geparkt?"

„Grüß Gott, Herr Rossi, ich bin Hauptkommissar Sperber von der Ansbacher Polizei und das ist Kommissar Grollmisch. Wir haben ein paar Fragen an Sie. Eine reine Formalität, im Rahmen der Untersuchung einiger Vorkommnisse im Geschäft der Familie Brandenburg. Ich nehme an, Sie kennen die Familie?"

„Si, si signori, nehmen Sie doch Platz. Was darf ich Ihnen anbieten, Acqua, Vino, Biera?"

„Danke, das ist sehr freundlich von Ihnen. Im Moment möchten wir nichts", antwortete Sperber auch gleich anstelle von Karlo.

Als sie sich gesetzt hatten, fragte Sperber: „Die Firma Prima Estate, die Sie vertreten, hat Interesse an den Immobilien der Familie Brandenburg angemeldet?"

„Ja, Häuser, Wohnungen und Läden zu kaufen und zu verkaufen ist nun einmal unser Geschäft", erklärte Rossi mit ausgebreiteten Armen, „das ist doch erlaubt, oder?"

„Natürlich. Was hätten Sie mit dem großen Anwesen vor, wenn Ihre Firma das Objekt erwerben könnte?"

„Oh, da gibt es viele Möglichkeiten. Ein schönes Hotel würde sich anbieten, luxuriöse Apartments, exklusive Geschäfte und mehr. Warum fragen Sie mich das?"

„Ihre Firma hat ihren Sitz in Italien. Sie steht nach unseren Auskünften im Verdacht, Geschäfte mit der Mafia zu unterhalten. Haben Sie dazu etwas zu sagen?"

„O, dio!" Rossi war aufgesprungen, schlug theatralisch die Hände über dem Kopf zusammen und rief: „Was denken Sie von mir? Ich bin ein – wie sagt man – seriöser Geschäftsmann und meine Firma ist über allem Zweifel erhaben!"

Scharf entgegnete Sperber: „Wir haben uns Ihr Strafregister angesehen, Herr Rossi. Ich sage Ihnen: Seriosität sieht anders aus!"

Rossi setzte sich hin, sein Gesicht war nun etwas blasser. Jede Freundlichkeit war daraus verschwunden.

„Was erlauben Sie sich! Sie kommen in mein Haus und ergehen sich in Verdächtigungen. Haben Sie Beweise, dass ich eine strafbare Handlung begangen habe, dann legen Sie diese auf den Tisch. Wenn nicht, dann verlassen Sie sofort mein Haus!"

„Mario, führe die Herren hinaus, sie wollen gehen!" Der bullige Mann, der die ganze Zeit regungslos hinter ihnen gestanden hatte, setzte sich in ihre Richtung in Bewegung und machte eine eindeutige Handbewegung zur Tür hin.

„Erlauben Sie mir nur noch eine Frage", entgegnete Sperber anscheinend unbeeindruckt, „kennen Sie einen Albert Haschke?"

„Nie gehört, und nun gehen Sie!"

„Gut, Sie wollen es offenbar nicht anders. Ich beschuldige Sie und diesen Mann hier", Sperber deutete auf das Schwergewicht, das sich mittlerweile mit drohendem

Gesicht vor ihm aufgebaut hatte, „Albert Haschke ermordet zu haben. Außerdem werden Ihnen verschiedene Anschläge auf das Geschäft und einzelne Mitglieder der Familie Brandenburg zur Last gelegt. Sie werden von uns beschuldigt, Albert Haschke zu einem Raubüberfall auf die Bäckerei Brandenburg angestiftet zu haben. Weitere Delikte werden sich sicher im Laufe unserer Verhöre finden lassen."

„Faschista!", schrie Rossi nun außer sich, „das ist Polizeiwillkür. Ich werde mich beschweren! Ich will sofort meinen Anwalt sprechen!"

„Das können Sie gerne, nachdem Sie und Ihr Freund erkennungsdienstlich untersucht worden sind", entgegnete Sperber gelassen. Er wandte sich an den Muskelbepackten: „Wir brauchen jetzt noch Ihre Personalien, dann gehen wir freiwillig. Karlo, nimm sie auf." Karlo trat furchtlos vor den Mann hin und zückte sein Notizbuch: „Name, Geburtsort, Geburtstag, Adresse in Ansbach, und zwar pronto subito!" Er war sich seiner sehr sicher dabei. Nicht umsonst hatte er in Karate den schwarzen Gürtel. Das unerschrockene Auftreten Karlos hatte den Muskelmann offenbar beeindruckt. Er antwortete sofort und nannte seinen Namen: „Mi choniome e. Ah! In detesco, mein Name ist Mario Servo, geboren neunzehnhundertsiebenundachtzig in Palermo. Ich wohne in diesem Haus."

Karlo nahm auch die Daten der Frau auf. Sie war eine Nürnbergerin und trug den Namen Britta Geiser.

Nachdem Karlo alles notiert hatte, rief Sperber die Besatzungen der Funkstreifen zum Tor. „Sie öffnen sofort das Tor und lassen unsere Leute herein!"

Zu der Blondine sagte er: „Sie kommen ebenfalls mit auf unsere Dienststelle. Als Mitwisserin sind Sie zumindest mit verdächtig. Wir werden herausfinden, inwieweit Sie an den Verbrechen beteiligt waren."

Die Blonde öffnete empört den Schmollmund und kieckste: „Sandro, lass das nicht zu!“

„Keine Angst, mein Engel, lange werden die uns nicht bei sich behalten können.“ Und zu Sperber hin mit energischer Stimme: „Ich verlange jetzt schon eine offizielle Entschuldigung des Polizeipräsidenten!“

„Eines nach dem anderen“, entgegnete ihm der Kommissar lakonisch.

Ein Trupp Uniformierter betrat das Zimmer und suchte die drei zunächst nach Waffen ab. Bei Mario Servo wurden sie gleich fündig. In seinem Hosenbund fand sich eine Pistole der Marke Glock, die sich vor allem durch ihr geringes Gewicht auszeichnete. An sein Bein hatte er ein sogenanntes Butterflymesser geschnallt. Während Karlo die Waffen in Plastiktüten verstaute, fanden die Polizisten in Sandro Rossis Hosentasche ein Stilett, das von dem Kommissar ebenfalls eingetütet wurde. Bei der Gespielin von Rossi fanden sie nichts. Die Blondine kämpfte wohl eher mit den „Waffen einer Frau“. Die Polizisten legten Mario Servo, Sandro Rossi und der Blonden Handschellen an und führten sie zu den Streifenwagen.

Sperber informierte Doktor Sauber über sein Mobiltelefon von der Verhaftung.

Der gab gleich grünes Licht zu einer Hausdurchsuchung bei Rossi. Die Abteilung für OK würde sicher mit Freuden daran beteiligt sein.

In der Inspektion begannen nach dem Eintreffen der drei Verdächtigen sofort die erkennungsdienstlichen Maßnahmen.

So schnell wie möglich wollte Sperber die getrennten Vernehmungen beginnen lassen, denn er war sich sicher, es würde nicht sehr lange dauern, dann waren einer oder mehrere Anwälte im Haus, die eine sofortige Freilassung ihrer ach so unschuldigen Mandanten forderten.

Konstanze Grunwald genoss zu dieser Zeit ihr freies Wochenende in vollen Zügen. Am späten Nachmittag des Freitag war ihr Freund Moritz Engel mit dem Zug aus München eingetroffen. Sie hatte ihn vom Bahnhof abgeholt. Nach einer liebevollen Umarmung war das Paar in die Wohnung von Konstanze am Oberen Weinberg gefahren.

Bald landeten die beiden in Konstanzes Bett und fielen hungrig übereinander her. Nachdem sie sich lange geliebt hatten, duschten sie gemeinsam. Etwas später gingen sie in ein Restaurant zum Essen.

Während des Essens erzählten sie sich von dem Verlauf ihrer jeweiligen Woche. Konstanze berichtete von dem Fall mit dem angeblichen Gespenst. Moritz hörte ihr mit einer Mischung aus Verwunderung und Erheiterung zu. Nachdem Konstanze ihre Geschichte zum Besten gegeben hatte, wollte sie wissen, was Moritz die vergangene Woche erlebt hatte.

Er zog seine Stirn in Falten: „Ich könnte dir einiges aus meinem beruflichen Bereich erzählen, aber mir liegt eine private Sache im Magen. Es geht um mein Verhältnis zu David. Mir scheint, je älter der Junge wird, desto mehr entfernen wir uns voneinander. Zum einen liegt das natürlich daran, dass ich mir aus beruflichen Gründen nicht genügend Zeit für ihn nehmen konnte, zum andern hat es sicher auch damit zu tun, dass meine Schwiegermutter versucht, ihn mit allen Mitteln an sich zu binden. Ich möchte dir einfach eine Episode aus unserem Zusammenleben schildern, damit du verstehen kannst, was ich meine. Letzte Woche verbrachte David ein paar Tage bei mir, weil seine Großmutter mit ihrem neuen Freund nach Bad Füssing gefahren war. Als er bei mir ankam, warf er nach einer sparsamen Begrüßung seine Reisetasche in sein Zimmer. Dann ging er in die Küche und öffnete den Kühlschrank. Vorsichtshalber hatte ich für ihn einige Flaschen Coke besorgt. Er trinkt in letzter Zeit kaum etwas anderes. Du weißt, ich hasse dieses Zuckergesöff, aber er lässt es sich von mir nicht ausreden. Ohne Weiteres nahm sich David eine Flasche, öffnete sie und setzte sie an den Mund, um mit langen Zügen daraus zu trinken. ‚Ein Glas wäre auch da', sagte ich. Er nahm die Flasche vom Mund und antwortete ganz lakonisch: ‚Nicht nötig.' ‚Soll ich etwas für uns kochen? Oder möchtest du lieber in einer Gaststätte etwas essen?' ‚Keinen Hunger', darauf David. Er macht gerade eine Lehre als Hörgeräteakustiker, wie du weißt. Mich interessiert natürlich, wie es ihm dabei geht, deshalb fragte ich ihn: ‚Wie geht es dir beruflich?' ‚Wie immer.' ‚Was ist: Wie immer?', habe ich nachgefragt. ‚Naja, Kunden bedienen, Geräte einstellen. Geräte reinigen, dann wieder Kunden beraten und so. Der ganze übliche Krempel halt.' ‚Klingt nicht so begeistert.' ‚Geht so.' Und wie üblich, wenn er mir nichts von sich erzählen möchte, hat er sich abgewandt und ist wortlos in sein Zimmer gegangen. Ich bin dagestanden wie ein Blödel. Ich konnte mir vorstellen, was er in seinem Zimmer machte. Er checkte zunächst sein Smartphone, schrieb vielleicht Mails oder widmete sich intensiv einem im Gerät gespeicherten Spiel. Wenn er dazu keine Lust hatte, würde er sich ein Buch schnappen und darin lesen. Diese Haltung, entweder über sein Smartphone oder ein Buch gebeugt, ist seit einiger Zeit typisch für ihn. Er sitzt dann wie unter einer unsichtbaren Glasglocke. Sein ganzer Ausdruck signalisiert mir: Ich will meine Ruhe haben und bin jetzt für dich nicht zu erreichen. Nachdem wir uns verhältnismäßig wenig sehen, macht mir diese schweigende Ablehnung richtig zu schaffen. Wenn ich versuche, mit ihm darüber zu reden, blockt er durch Wegschauen und stures Schweigen total ab. Ich fühle mich dann ganz hilflos. Gleichzeitig macht mir mein schlechtes Gewissen zu schaffen, weil ich mir so wenig Zeit für ihn genommen habe. Der scheußliche Gedanke, dass dadurch die ganze Entwicklung meines Sohnes an mir vorbeigegangen ist und dass ich als Vater schlicht ein Versager bin. Kannst du das verstehen?"

Konstanze nickte verständnisvoll, erlaubte sich aber keine Bemerkung dazu.

Moritz war auch ganz bei sich. Sein Problem brach sich angesichts der aufmerksamen Zuhörerin weiter Bahn.

„Ich mache mir auch Vorwürfe, dass ich mich von meiner Schwiegermutter so oft davon abbringen ließ, mit David die Ferien zu verbringen. Sie bestand fast immer darauf, dass David mit ihr und ihrem jeweiligen Lebensgefährten wegfahren sollte. Ihr Argument lautete: ‚Ich muss für David im Alltag da sein, weil du keine Zeit für ihn hast und dich irgendwo auf der Welt aufhältst, somit habe ich auch das Recht, ihn in den Ferien bei mir zu haben.' Mein schlechtes Gewissen einerseits und die Furcht davor, dass sich das Verhältnis zu meiner Schwiegermutter verschlechtern könnte, hat mich dazu gebracht, ihr viel zu oft nachzugeben. Mir ist jetzt so richtig bewusst, dass ich damit einen Teufelskreis in Gang gehalten habe. Jetzt in der Pubertät ist eine Gemeinsamkeit zwischen mir und David natürlich erst recht schwierig herzustellen. Vieles trennt uns. Das fängt schon bei der Musik an, die David aus meiner Sicht so laut hört, dass ich Angst um das Gehör meines Sohnes bekomme, und geht weiter über zahllose Themen, die wir einfach nicht miteinander bereden können, weil der Knabe mir immer schnell signalisiert, dass ich völlig uncool bin. Ein totaler Grufti halt."

Konstanze spürte die Ratlosigkeit, in der sich Moritz befand, aber sie wollte ihn weitersprechen lassen, damit er sich die Last von der Seele reden konnte.

„Am Abend bevor David wieder zu seiner Großmutter zurückkehrte, ging ich in sein Zimmer. Anklopfen, das wusste ich, hatte wenig Sinn. David hatte fast immer seine Kopfhörer auf und hörte mich nicht. Wenn er wirklich ungestört sein wollte, sperrte er seine Zimmertüre ab. An dem Abend war sie offen. Ich ging also hinein, tippte ihm auf die Schulter und machte eine Essensgeste. David hob einen Kopfhörer weg. Ich sagte ihm, was ich zu essen gemacht hatte, eine seiner Lieblingsspeisen natürlich. David meinte nur: ‚Keinen Hunger', und ließ den Hörer wieder auf sein Ohr fallen. Ich war enttäuscht und nahm den Hörer wieder weg. ‚Womit kann ich dir an unserem letzten Abend eine Freude machen?' Seine Antwort: ‚Weiß nicht. Jedenfalls will ich jetzt nichts essen. Vielleicht gehe ich später noch zur Dönerbude oder so.' Er wirkte auf mich irgendwie gelangweilt, als er sich dann seinen Kopfhörer wieder über das Ohr zog. So oder so ähnlich geht es mir mit ihm dauernd. Er lässt mich ständig kalt abfahren und in mir verstärkt sich dabei der Eindruck, ihm nichts recht machen zu können. Das ist ein mieses Gefühl, das kannst du mir glauben. David lässt sich fast nie auf ein richtiges Gespräch mit mir ein."

Moritz seufzte schwer, blickte auf die Tischplatte vor sich und schüttelte bekümmert seinen Kopf.

Konstanze war sehr betroffen, als sie Moritz so ungeschminkt von dem komplizierten Verhältnis zu seinem Sohn reden hörte. Sie kam zu dem Schluss, dass irgendetwas geschehen müsste, das ihre Gemeinsamkeit stärken konnte. Aber was?

Auf jeden Fall wollte sie sich mit sogenannten guten Ratschlägen zurückhalten. Dazu hatte sie einfach zu wenige Informationen, nachdem sie nur die Darstellung aus der Sicht von Moritz gehört hatte. Außerdem fehlte ihr auch die Erfahrung mit pubertierenden Jugendlichen. Moritz versuchte natürlich, Auswege aus seinem Dilemma zu finden. Dabei wollte sie ihm gerne behilflich sein.

In ihrem weiteren Gespräch stellte sie ihm deshalb immer dann eine Frage, wenn sie den Eindruck gewann, dass Moritz für sich einen Weg in diesem unübersichtlichen Irrgarten sah.

Glücklicherweise gab es neben diesem brennenden Thema noch viele weitere, die sie an diesem Abend miteinander besprechen konnten. Er wurde für sie, trotz oder gerade wegen der ernsthaften Gespräche, zu einem wichtigen Abend, der ihre Liebe zueinander sehr stärkte.

Nach einer wunderschönen gemeinsamen Nacht saß Konstanze am nächsten Morgen mit Moritz beim Frühstück und fühlte sich zwar etwas unausgeschlafen, aber trotzdem rundum glücklich und zufrieden. Ein Gefühl, das sie die ganze Woche vermisst hatte. Selbst die Lektüre der Lokalseite der Rundschau konnte ihre gute Laune nicht schmälern.

Dann brachen sie und Moritz bei herrlichem Sonnenschein und trockenem, kaltem Winterwetter zu einem Spaziergang durch den zauberhaft verschneiten Hofgarten auf.

Nach einem Bummel durch die Ansbacher Innenstadt, über den lebhaften Wochenmarkt und durch das Brückencenter wanderten sie um die Mittagszeit den Schlossberg hoch und kehrten in einem Restaurant ein, von dem aus man die ganze Stadt überblicken konnte.

Wieder in Konstanzes Wohnung angelangt, fanden sie im Schlafzimmer erneut zueinander.

Den späteren Nachmittag und den Abend verbrachten die beiden Verliebten in Nürnberg mit dem Besuch eines Restaurants und eines Schauspiels im Staatstheater.

Sie beschlossen, am nächsten Vormittag nach längerem Aufenthalt im Bett einen Brunch in dem Hotel über der Stadt einzunehmen und danach über den bereits eröffneten Weihnachtsmarkt in Würzburg zu bummeln.

Am späten Sonntagabend musste Moritz Engel wieder mit dem Zug nach München zurückfahren, um dort wichtige Vorbereitungen für eine dienstliche Reise am übernächsten Tag zu treffen.

Noch am Samstagabend hatten Oberstaatsanwalt Doktor Sauber, Wolfgang Sperber und mehrere Kriminalbeamte mit dem getrennten Verhör der drei Verdächtigen begonnen. Sie wechselten sich dabei ab und zählten mit dieser Methode auf deren Ermüdung. Vorsichtshalber waren zwei Dolmetscher den Vernehmungen zugeordnet worden.

Zwischenzeitlich wurden die Waffen im Labor gründlich untersucht.

Es dauerte tatsächlich nicht lange, dann traten drei Anwälte der Beschuldigten gleichzeitig auf, die sich bemühten, ihre Mandanten schnell wieder freizubekommen. Ihre Einwände wurden jedoch von einem herbeigerufenen Untersuchungsrichter mit dem Hinweis auf Verdunkelungs- und Fluchtgefahr abgeschmettert. Da half auch kein Angebot der Anwälte, eine riesige Summe als Kaution zu hinterlegen. Zu später Stunde wurde Mario Servo weich. Er versicherte sich zunächst bei Doktor Sauber, dass ihm durch das Ablegen eines vollen Geständnisses eine gewisse Strafermäßigung zugestanden würde. Sauber konnte ihm das zusichern, legte sich aber in keinster Weise fest, wie hoch diese sein würde. „Es kommt darauf an, wie schwerwiegend Ihre Aussagen sein werden“, erklärte er Servo. Dann machte er ihm mit der Erläuterung der sogenannten Kronzeugenregelung den Mund wässrig und sprach die Schutzmaßnahmen für Zeugen an, die aus einer Organisation ausgestiegen waren.

Mario Servo sah sich in seiner Hoffnung bestätigt und packte aus. Zunächst gab er zu, dass Rossi und er Mitglieder einer italienischen Mafiaorganisation waren. Sie hatten den Auftrag, ausgesuchte Grundstücke und besonders gute Immobilien für ihre „Familie" zum Zweck der Geldwäsche zu erwerben. Hatten sie ein passendes Objekt gefunden, sollten sie mit allen Mitteln versuchen, es zu kaufen. Dabei durften auch Gewalt und Einschüchterung auf Verkaufsunwillige ausgeübt werden, derartige Maßnahmen sollten aber möglichst nur auf hartnäckige Besitzer angewandt werden. Brandenburg war ein solcher. In den nächsten Tagen hätten er und Rossi ihn aufsuchen wollen und vor die Wahl gestellt, weitere Unannehmlichkeiten für sich und seine Familie hinnehmen zu müssen oder eben zu verkaufen. Den Preis hätten sie ihm dann diktiert. Er gestand anschließend den Raubüberfall auf die Bäckerei und die Manipulation an den Bremsschläuchen des Autos von Luisa Brandenburg. Dabei hatte sich die blonde Freundin von Rossi als „Weiße Frau" verkleidet, um die Bäckerstochter von der Fahrbahn abzulenken. Die Spukgeschichten in der Zeitung hätten sie sich zunutze gemacht, bekannte Servo.

Allerdings stritt der Verbrecher vehement jede Beteiligung an dem Mord im Schloss ab. An diesem Nachmittag sei er bei Freunden in München gewesen, die er als Zeugen jederzeit angeben könne, betonte er.

Dagegen schob er alle Schuld am Mord von Albert Haschke Sandro Rossi zu. „Der hat den Mord auch begangen. Er wollte einen Mitwisser aus dem Weg räumen. Rossi hat Haschke in seiner Wohnung erstochen. Ich war nicht dabei. An dem Mord bin ich völlig unschuldig."

„Wo hielten Sie sich an diesem Abend auf?"

„Ich war alleine zu Hause und kann Ihnen leider keinen Zeugen nennen. Ich habe gelesen und Musik gehört."

„Das ist ein eindeutiger Minuspunkt für Sie. Aber wir wollen uns damit jetzt nicht aufhalten. Berichten Sie einfach weiter, was Sie von dem Raub in der Bäckerei wissen."

„Es war so ausgemacht, dass, sollte der Raub missglücken, Haschke mithilfe einer Blendgranate gestoppt würde. Aus dem Gefängnis wollte man ihn mit einer bei der Mafia üblichen Methode befreien und ihn dann beseitigen."

„Wer hat die Granate geworfen?"

„Das war ich", gab Servo zu.

„Wer hat Haschke aus dem Gefängnis geholt?"

„Das waren Angehörige der Organisation, die ich nicht kenne."

Jeden weiteren Einsatz der „Weißen Frau" stritt der Gangster ab.

„Welche Rolle spielte Britta Geiser?"

„Sie ist Rossis Freundin und war nur einmal an der Sache mit den Bremsschläuchen beteiligt. Bei allen anderen Maßnahmen verzichtete man auf ihre Mitwirkung, weil sie als Sicherheitsrisiko angesehen wurde. Ihre Qualitäten liegen auf einem anderen Gebiet", bekräftigte der Kriminelle mit einem perfiden Grinsen. Dann fügte er noch hinzu: „Rossi hat auch dort eine Blendgranate geschleudert, um die Fahrerin abzulenken."

Das Verhör war auf Band aufgenommen worden. Ein anschließend vorgelegtes Protokoll wurde von Mario Servo umgehend unterzeichnet.

Die Staatsanwaltschaft in Gestalt von Doktor Sauber erließ sofort einen Strafantrag gegen Servo. Er wurde noch an diesem Abend in das Untersuchungsgefängnis gebracht.

Zu Sandro Rossis Vernehmung waren zwei Rechtsanwälte mitgekommen.

Mit dem Geständnis seines Mittäters konfrontiert, stritt Rossi jede Beteiligung an den Straftaten konsequent ab.

„Das hat alles mein Angestellter Servo allein angerichtet, er ist leider ein unverbesserlicher Krimineller. Ich bin ein seriöser Geschäftsmann. Sie können mir keine Beteiligung an den Straftaten nachweisen, weil ich nicht daran beteiligt war."

Das waren seine letzten Worte, bevor er sich auf dringenden Rat seiner Rechtsbeistände dauerhaft in Schweigen hüllte.

„Herr Rossi hat das Recht, die Aussage zu verweigern. Er soll sich nicht selbst durch eine unvorsichtige Äußerung belasten."

Sperber seufzte. Man würde ihm jetzt alle Taten genau nachweisen müssen. Schon am nächsten Tag sollten Gegenüberstellungen mit den Zeugen der Gaststätte „Wilder Markgraf" stattfinden. Dadurch hofften die Beamten, zunächst nachzuweisen, dass Rossi mit Haschke Kontakt hatte. Das allein würde jedoch nicht genügen, ihn länger als bis zum Ablauf des nächsten Tages festzuhalten. Dann würden die mutmaßlichen Täter dem Haftrichter vorgeführt werden, der darüber entschied, ob ein Haftbefehl für sie ausgestellt würde oder nicht. Bedingung dafür war, dass ein dringender Tatverdacht bestand, der bereits zu einer Verurteilung ausgereicht hätte. Sollte das der Fall sein, kamen die Tatverdächtigen so lange wie nötig in Untersuchungshaft. Die Untersuchungshaft konnte sich unter Umständen allerdings über Monate hin erstrecken. In dieser Zeit hatten Polizei und Justiz die Möglichkeit, alles für eine Gerichtsverhandlung vorzubereiten.

Zum jetzigen Zeitpunkt standen die Ermittler aber unter größtem Druck. Sie hatten zwar die protokollierte Aussage von Mario Servo, aber Sandro Rossi war im Augenblick, nach Ansicht von Oberstaatsanwalt Sauber, noch nichts genügend Gravierendes nachzuweisen. Er und Sperber hofften, dass die Durchsuchung seines

Hauses, seiner Computer und seiner Telefonverbindungen Wichtiges zu Tage bringen würde.

Seine Anwälte standen bereits, bildlich gesprochen, schnaubend und mit den Hufen scharrend in den Startlöchern, um ihn so schnell wie möglich aus den Klauen der Justiz zu befreien.

Nachdem Rossis Freundin im Moment keine Mitwirkung an den Taten außer dem einfachen Dastehen am Straßenrand bei dem Unfall von Luisa Brandenburg nachzuweisen war, würde man sie am nächsten Tag noch einmal gründlich befragen. Wahrscheinlich würde sie dann mit der Auflage entlassen werden, sich einmal in der Woche auf einer Polizeidienststelle zu melden. Damit sollte sichergestellt werden, dass sie nicht einfach abtauchen konnte, ohne dass die Behörden es merkten.

Nachdem klar war, dass dem Verdächtigen Rossi kein Wort mehr zu entlocken war, wurde er in eine Zelle gebracht.

Müde und abgekämpft machten sich die Vertreter der Polizei und Doktor Sauber zu später Stunde auf ihre jeweiligen Heimwege.

Sonntag

Am Sonntagmorgen wurden Reeses Stammkunden bei ihrem traditionellen Frühschoppen gestört, als Karlo und ein Kollege in der Gastwirtschaft „Wilder Markgraf" auftauchten und sie darum baten, ihrem ermordeten Kumpel Albert Haschke einen letzten Dienst zu erweisen. Einige von ihnen sollten auf der Inspektion die südländisch aussehenden Männer identifizieren, mit denen sich Haschke getroffen hat. „Selbstverständlich! Das ist doch Ehrensache!", tat sich gleich ein älterer Mann mit roter Säufernase hervor. Er deutete auf ein paar seiner Trinkgenossen: „Du und du und du, ihr ward dabei und erinnert euch sicher an die beiden." Das war mehr eine Feststellung als eine Frage. Die Angesprochenen nickten und gaben ihre Kommentare dazu ab. Dann erhoben sie sich und wurden in zwei Dienstwagen der Polizei zur Inspektion gefahren. Dort war alles für die Gegenüberstellung vorbereitet. Rossi und Servo standen in einer Reihe von Beamten in Zivil, die ebenfalls so aussahen, als kämen sie aus südlichen Landen. Die Zeugen waren sich schnell einig, Rossi und Servo waren die Gesprächspartner von Haschke gewesen. Sie wurden bedankt und in ihre „Zweitwohnung" neben dem Tresen im „Wilden Markgrafen" zurückgebracht.

Sperber und seine Kollegen ließen Sandro Rossi wieder zum Verhör abholen. Auch Mario Servo sollte noch einmal befragt werden. Aber kurz darauf kam ein Anruf aus dem Gefängnis mit der schrecklichen Nachricht, dass Mario Servo in der Nacht in seiner Zelle erhängt aufgefunden worden war.

Sperber, Karlo und Doktor Sauber eilten sofort in den Zellentrakt und fanden Servo an einem Strick hängen, der seinerseits im Fenstergitter festgebunden war.

Das ganze Gefängnis befand sich in heller Aufregung. Einige Justizbeamte standen um die geöffnete Zellentüre herum und versuchten, den Schock zu verdauen, indem sie erregt miteinander diskutierten. Doktor Sauber ordnete an, dass Spusi und Gerichtsmedizin sich um den Fall kümmern sollten. Kollegen der Kriminaldauerbereitschaft und der Abteilung Organisierte Kriminalität sollten umgehend mit den Recherchen zu diesem äußerst mysteriösen Todesfall beginnen.

Die Fragen lauteten: Wie kam der Strick in die Zelle? Wer hatte Servo im Gefängnis in Empfang genommen und zur Zelle gebracht? Welche Beamten hatten in dieser Nacht Dienst? Sie sollten sofort befragt werden. Hatte jemand von den Justizbeamten oder von den Gefangenen in den Nachbarzellen etwas Ungewöhnliches bemerkt? Alle Aufzeichnungen der Kameras in der Anstalt mussten sofort geprüft werden.

Sperber teilte drei Kollegen der Inspektion ein, sich zusammen mit Beamten der anderen Abteilungen um diese Sache zu kümmern. „So entsetzlich dieser Tod ist, gibt es immerhin eine gute Seite. Wir haben seine unterschriebene Aussage, das ist unser Glück! Jetzt können wir Rossi erst einmal festhalten und immer wieder in die Zange nehmen. Das Labor müsste jetzt auch schon einige Ergebnisse seiner Untersuchungen haben. Die müssen wir uns ansehen, bevor wir Rossi weiter verhören."

Die Laboruntersuchungen hatten ergeben, dass sich DNA-Spuren von Albert Haschke nur am Messer von Mario Servo fanden. Auch an seiner Kleidung fanden sich Blutspritzer. Servos Aussage, Sandro Rossi habe Haschke erstochen, war damit äußerst fragwürdig geworden.

Die Computeranalysen erbrachten keine befriedigenden Ergebnisse. Ebenso wie die Telefondaten waren natürlich viele Kontakte zu der Prima Estate verzeichnet. Aber sie waren, wenn sie denn kriminellen Umtrieben dienten, gut als reine Geschäftskontakte getarnt. Nachdem Rossi die Aussagen Servos mit Empörung von sich gewiesen hatte, verfiel er wieder in hartnäckiges Schweigen. Die Ermittler entschieden sich schließlich doch dafür, den Verdächtigen dem Haftrichter vorführen zu lassen. Ihre Anklage lautete „Anstiftung zum Mord an Albert Haschke, Anstiftung, Planung und Mitwirkung an einem gefährlichen Eingriff in den Straßenverkehr und damit verbunden schwere Körperverletzung". Freilich waren da auch die Bedenken, der Richter würde sich ihren Ansichten nicht anschließen. Dann müsste Rossi freigelassen werden und sich bis auf Weiteres zwei Mal die Woche bei einer Polizeidienststelle melden, damit es möglich war festzustellen, ob er untergetaucht war oder nicht. Aufatmend nahmen die Gesetzeshüter zur Kenntnis, dass der zuständige Richter einen Haftbefehl gegen Rossi ausgestellt hatte. Er wanderte damit erst einmal ins Untersuchungsgefängnis und bekam dort einen gewissen Sonderstatus. Eine geregelte Aufsicht sollte verhindern, dass ihn nicht das gleiche Schicksal ereilen konnte wie seinen Kumpan.

Den Ermittlern Doktor Sauber und Wolfgang Sperber blieb an dieser Stelle nur, Ergebnisse der verschiedenen Untersuchungen zu sammeln.

Die Befragungen der Justizbeamten und der Gefangenen in an Servos Zelle angrenzenden Zellen hatten bisher keine Erfolge gezeitigt. Niemand hatte angeblich etwas gesehen oder gehört. Die Anstaltsbeamten erklärten alle, sie hätten nicht den blassesten Schimmer einer Ahnung, wie der Strick in Servos Zelle gelangt wäre. Fremde Personen waren, ihrer Aussage nach, im fraglichen Zeitraum ebenfalls nicht im Gefängnis gewesen. Die Aufnahmen der Überwachungskameras enthielten merkwürdigerweise keine verdächtigen Szenen. Sie zeigten lediglich einen ganz gewöhnlichen Ablauf einer Nacht im Gefängnis. Der Verdacht der Mitwirkung oder Durchführung an der Tat, ob sie nun ein Selbstmord oder ein Mord war, blieb an den Dienst habenden Justizbeamten hängen. Misstrauen breitete sich wie Giftschwaden in der Justizvollzugsanstalt aus. Einer beobachtete den anderen und die Gefängnisinsassen machten sich über ihre kriminellen Bewacher lustig. Aber auch unter ihnen erweckte die Vorstellung Unsicherheit und Angst, die Mafia könnte ihre Hände wieder in eine der Zellen ausstrecken. Jeder könnte dann zum Opfer werden.

Die den auf diesen Tag folgenden Nachtstunden bereiteten einigen der Beteiligten einen unruhigen Schlaf. Während Konstanze nicht gleich einschlafen konnte, weil sie immer noch beseelt über die schönen Stunden mit Moritz Engel nachdachte, und Karlo mit seiner neuen Flamme in einem Lokal in der Innenstadt verliebte Blicke und tiefe Gedanken austauschte, kam Wolfgang Sperber lange nicht zur Ruhe, weil seine Gedanken nicht aufhörten, um den Fall zu kreisen.

Eigentlich, so sinnierte er, war das nicht nur ein Fall; oder gab es zwischen dem Mord in der Residenz und den Aktivitäten der Mafiaorganisation irgendwelche Verbindungen? Die Spukerscheinung passte überhaupt nicht ins Bild. Einmal schien sie ein Mensch zu sein, der irgendwelche Absichten verfolgte. In der Mordsache in der Residenz zum Beispiel. Ein anderes Mal schlug sie zu und verschwand spurlos, als hätte sie sich in Luft aufgelöst. Mit einem spiritistischen Phänomen konnte er nichts anfangen. Er war doch kein Geisterjäger.

Der Kommissar wälzte sich unruhig in seinem Bett hin und her, bis Julia, die davon aufgewacht war, sich eng an ihn kuschelte. Erst dann wurde er ruhiger und seine Gedanken hörten auf, im Kreis zu laufen.

In der Nacht zum Montag

Das Ehepaar Brandenburg hatte sich nach diesen mehr als aufregenden Stunden für seine Verhältnisse erst spät zu Bett begeben. Beide lagen noch wach und konnten einfach nicht damit aufhören, über die Vorfälle zu sprechen. Plötzlich ertönten vom Treppenhaus her lautes Gepolter und ein Klirren, als würde jemand Ketten über die Stufen schleifen. Beide richteten sich sofort zutiefst erschrocken auf. Paula klammerte sich angstvoll an Albrechts Arm und flüsterte: „Bleib hier! Ich will gar nicht wissen, was das ist!"

„Aber ich will es wissen!" Albrecht sprang entschlossen aus seinem Bett und ergriff den Spazierstock, der griffbereit daneben lag. Zu Paula gewandt sagte er: „Ruf die Polizei!" Dann eilte er schon aus dem Zimmer.

Atemlos rief seine Frau ihm hinterher: „Sei um Himmels willen vorsichtig!" Dann schwang auch sie sich aus dem Bett und rannte zum Telefon.

Als Albrecht bei der Wohnungstür ankam, gewahrte er durch die Glasscheibe einen hellen Schein im Treppenhaus. Der Radau hielt immer noch an. Er schnappte sich den Wohnungsschlüssel, sperrte die Türe auf und stürmte auf den Treppenabsatz hinaus. Sowohl das Licht als auch die Geräusche entfernten sich zum Erdgeschoss hin. Brandenburg schrie: „Wer ist da?!"

Dann polterte er mit erhobenem Spazierstock die Stufen hinab. Unten angekommen, war der Lärm plötzlich verstummt. Auch das helle Licht war erloschen. Der Bäcker sah sich um und konnte nichts Verdächtiges mehr hören und sehen. Nun läutete es an der Haustüre. Als er aufsperrte, standen zwei Polizeibeamte vor ihm. Nachdem er sie auf die Schnelle über den Vorfall unterrichtet hatte, zogen die beiden ihre Waffen. „Gehen Sie wieder in Ihre Wohnung und sperren Sie die Türe ab. Wir durchsuchen hier unten die Räume. Gleich kommen weitere Kollegen, die uns dabei helfen. Wir sagen Ihnen nachher Bescheid, was oder wen wir gefunden haben."

Etwas erleichtert machte sich Albrecht wieder auf den Weg in das obere Stockwerk seines Hauses. Paula wartete vor Furcht und Kälte zitternd im Flur auf ihn. „Die Polizei ist jetzt da. Sie durchsuchen unten alles. Ich soll mich hier in der Wohnung aufhalten, bis sie fertig sind. Sie sagen uns Bescheid."

Paula umarmte ihn und sagte weinend: „Du, das war sehr leichtsinnig! Mach das bitte nie mehr. Du hättest geradewegs in eine Falle rennen können!"

Albrecht Brandenburg war immer noch sehr aufgeregt: „Ich muss diesem Spuk ein Ende machen! So können wir doch nicht mehr weiterleben! Hoffentlich finden die Polizisten diesen Geist."

„Du Albrecht, ich halte das bald nicht mehr aus!", schluchzte Paula, „morgen gehe ich noch einmal zu Pfarrer von Weinheim und bitte ihn, unser Haus zu segnen."

„Und ich werde Wolfgang Sperber bitten, uns einen Polizisten zur Nachtwache zu schicken, und wenn das nicht geht, werde ich einen Sicherheitsdienst damit beauftragen. Sonst können wir nie mehr ruhig schlafen."

„Ja, tu das. Du meine Güte, es ist ja bereits halb zwei. Ich denke, es ist gut, wenn wir uns anziehen, bevor die Polizisten kommen. Mir ist so kalt und ins Bett können wir auch nicht mehr gehen."

Die beiden gingen in ihr Schlafzimmer und kleideten sich an. Albrecht hatte gleich seine Arbeitskleidung angezogen. „Wenn die Beamten weg sind, fange ich mit den Vorbereitungen in der Backstube an. Schlafen kann ich jetzt sowieso nicht mehr."

„Ich komme mit! Erstens weil ich dich nicht allein da unten lassen will, und zweitens, weil ich mich hier oben allein fürchte. Unten kann ich dir ein wenig zur Hand gehen."

Nach einer gewissen Zeit läutete ein Beamter an ihrer Wohnungstür und meldete bedauernd, dass sie trotz genauer Untersuchung nichts und niemand gefunden hätten. „Rufen Sie uns ruhig wieder an, wenn etwas los ist. Wir bleiben mit unseren Wagen in der Nähe."

Die zwei Bäckersleute gingen mit ihm nach unten und bedankten sich bei den anderen Uniformierten. Als die Polizisten gegangen waren, begannen sie mit ihrer Arbeit. Den beiden war dabei recht mulmig zumute. Immer wieder unterbrachen sie ihr Tun, horchten, ob ein verdächtiges Geräusch zu hören war, und sahen sich um, damit sie nicht unversehens von jemandem überrascht werden konnten. Brandenburg hatte seinen Spazierstock immer in seiner Nähe, obwohl ihm schon klar war, dass er im Ernstfall gegen einen besser bewaffneten Täter wenig ausrichten konnte.

Als der Erste ihrer Mitarbeiter einige Zeit später in der Backstube eintraf, waren beide von seinem Kommen sehr erschreckt worden. Albrecht Brandenburg griff bei den Schritten vor dem Backstubeneingang nach seinem Stock und machte sich abwehrbereit. Frieder Beierlein blinzelte ihn verschlafen an und fragte mit müder Stimme: „Meister, haben Sie etwas mit den Beinen oder wollen Sie spazieren gehen?" Brandenburg guckte ihn grimmig an und murmelte etwas Unverständliches, dann legte er den Stock verlegen zur Seite. Paula, die sich bei dem Klang der Schritte gleich hinter eine größere Maschine verzogen hatte, kam erleichtert wieder zum Vorschein und grinste unwillkürlich über die komische Szene.

„Ja, so etwas, Chefin, was machen denn Sie hier mitten in der Nacht?", fragte Frieder verwundert und rieb sich die noch nachtschwer verquollenen Augen.

„Ich konnte nicht mehr schlafen", antwortete ihm Paula Brandenburg wahrheitsgemäß.

Zu dritt fuhren sie mit der Arbeit fort. Es dauerte

nicht lange, dann stießen auch die anderen Mitarbeiter nach und nach zu ihnen. Bald war der übliche Betrieb in der Werkstatt in vollem Gang.

Montagmorgen

Dieser Morgen traf auch die drei Kommissare, die sich zu ihrer „Morgenlagesitzung" versammelten, ziemlich hart. Keiner von ihnen fühlte sich nach seiner, aus verschiedenen Gründen, unruhigen Nacht richtig ausgeschlafen.

Alle hatten bereits die Artikel über die aufregenden Ereignisse in der Tageszeitung gelesen. Diese Lektüre hatte ihnen den Start in die neue Woche nicht gerade versüßt. Für Mostrich hatte sozusagen ein voller Trog zur Verfügung gestanden, von dem er sich reichlich bedient hatte. Ein Artikel trug die Überschrift „Pfarrer schnappt Räuber!". Im Text darunter ließ sich der Journalist genüsslich über die Frage aus, ob jetzt die Geistlichen der Polizei bei ihrer Arbeit helfen müssten, weil die ihre Fälle nicht alleine lösen konnten. Im Bericht um die Verhaftung der mutmaßlichen Mafiosi erging sich Mostrich in Vermutungen darüber, ob und wie die Ansbacher Polizei mit diesem für sie mindestens drei Nummern zu großen Fall fertig werden konnte.

Ein weiteres Highlight war natürlich die Überwältigung des psychisch gestörten Vergewaltigers durch die Frauen. Die Verwendung einer Schokoladensahnetorte als Angriffsmittel war der Hit, der dem sensationsgierigen Redakteur zu seinem Entzücken einfach in den Schoß gefallen war.

Als sie über den Medienangriff auf sie sprachen – anders konnten die drei ihn an diesem Morgen nicht bezeichnen –, knurrte Konstanze: „Und schon ist dieser Fiesling wieder auf dem neuesten Stand. Er muss wirklich einen Informanten haben, der mitten unter uns sitzt." Ihre Kollegen nickten beide zustimmend.

Sperber hatte gerade über den nächtlichen Polizeieinsatz in der Bäckerei Brandenburg berichtet, als sich die

Bürotüre öffnete und ihrer aller Chef, Polizeidirektor Rudolf Dotzauer, den Raum betrat. Auch das noch!

Nach einem mit verdächtig freundlichem Lächeln ausgesprochenen „Guten Morgen!“ nahm er sich ohne Umstände einen Stuhl und setzte sich zu ihnen. Die drei waren alarmiert. Das hatte es bisher noch nicht gegeben. Sonst sprach er immer im Stehen zu ihnen oder hatte sich in seinem Büro hinter dem Schreibtisch verschanzt.

Dotzauer fing gleich zu reden an: „Als ich heute Morgen die Artikel in der Zeitung gelesen hatte, stand mein Entschluss fest. Ich werde mich an Ihren Ermittlungen direkt beteiligen. Alle anderen, auch die gesellschaftlichen Pflichten, müssen nun erst einmal hintanstehen, ausgenommen der vorgezogene Weihnachtsempfang der Regierung von Mittelfranken heute Abend in der Orangerie natürlich. Da muss ich einfach hin! Meine Mitwirkung ist kein Kompliment für Sie, das möchte ich ausdrücklich betonen. Eher das Gegenteil!“ Er blickte die total verdutzten Kommissare tadelnd an.

„Wenn das Fußvolk versagt, dann müssen eben die Offiziere ran. Das ist wie im Krieg. Ich wünsche jetzt, über den allerneuesten Stand Ihrer Bemühungen aufgeklärt zu werden; dann werde ich mich für Sie in die Bresche werfen oder anders gesagt, den Karren aus dem Dreck ziehen.“

Oh unseliger Tag! Oh unglücksschwangere Stunde! Wolfgang Sperber senkte den Kopf, damit Dotzauer nicht sehen konnte, wie ihm die Gesichtszüge entgleisten. Karlo saß mit offenem Mund da und starrte den Direktor an, als hätte der sich soeben in die Weiße Frau verwandelt. Konstanze blickte mit verbissen geschlossenen Lippen auf den Boden. Sie hatte in der Situation die komische Note entdeckt und hätte, auch auf die Reaktionen ihrer Kollegen hin, am liebsten laut losgelacht.

Dotzauer fuhr mit seiner kleinen Ansprache fort, als

hätte er von all dem nichts wahrgenommen: „Ich habe mich auch schon mit der Historie befasst, sodass ich jetzt behaupten kann, ein wirklicher Kenner der Geschichte des Hauses Hohenzollern zu sein. Nun halte ich es für den angemessenen Zeitpunkt, mein Wissen in diesen Fall einzubringen. Um den nun wieder aufgetretenen Geist der armen Gräfin von Orlamünde werde ich mich selbst kümmern. Dazu braucht es einen Mann, der sich mit solchen Dingen wirklich auskennt. Dieser Mann sitzt vor Ihnen. Ich kündige Ihnen mein Eingreifen dergestalt an, dass ich Ihnen mitteile, einige Nächte im Haus der Familie Brandenburg zu verbringen. Ich werde das Gespenst stellen und ihm das Spuken gründlich verleiden."

Seine Untergebenen waren jetzt hellwach. Das war nun eine hoch interessante Mitteilung. Dotzauer wollte sich mit dem Gespenst anlegen. Das konnte unterhaltsam werden. Ihre Vorfreude wurde gedämpft, als ihr Chef ankündigte: „Heute Abend geht mein Einsatz los! Ich habe bereits mit Herrn Brandenburg gesprochen. Die Familie, die übrigens mittlerweile am Boden zerstört zu sein scheint, wird mir ein Zimmer zur Übernachtung stellen. Und jetzt kommen Sie ins Spiel. Nachdem ich mich, natürlich vollkommen ausgerüstet mit der neuesten Technik am Körper, also mit Kamera, Tonträger und so weiter, auf die Lauer gelegt habe, erwarte ich von Ihnen, dass Sie sich in einem Fahrzeug vor dem Haus zur Verfügung halten. Natürlich zähle ich auf eine geschickte Tarnung von Ihnen. Sollte Ihr Eingreifen notwendig werden, wird Ihnen das von mir zum rechten Zeitpunkt mitgeteilt. Unser Einsatz beginnt um zehn Uhr, wenn ich also von dem Empfang, der um neunzehn Uhr dreißig beginnt, zurück bin. Bereiten Sie alles gut vor, damit es nicht wieder Pleiten, Pech und Pannen gibt, wie sonst üblich." Er stand nach dieser Ankündigung auf und verließ ohne ein weiteres Wort oder eine Geste den Raum.

Jetzt bekam Konstanze endlich Raum, um ihrer Erheiterung freien Lauf zu lassen. Sie lachte, bis ihr die Tränen über die Wangen liefen. „Dass ich das hier noch erleben darf, hätte ich nicht gedacht!", kicherte sie.

Wolfgang Sperber und Karlo schüttelten irritiert über ihren Anfall den Kopf. Sperber sagte: „Und darüber kannst du lachen. Es ist nicht zu fassen! Es ist schon schlimm genug, dass wir uns die nächste Nacht wegen einer solchen Schnapsidee um die Ohren schlagen sollen. Die Folgen des Einschreitens unseres hoch verehrten Chefs bedeuten für uns unkalkulierbare Risiken. Der klebt doch sonst die ganze Zeit hinter seinem Schreibtisch und pflegt seine gesellschaftlichen Kontakte. Mir schwant Schreckliches, wenn der sich aufs freie Feld wagt. Wann war denn der das letzte Mal bei einem Einsatz? Das muss vor Jahrzehnten, kurz vor dem Unglücksfall seiner Beförderung, gewesen sein. Außerdem: Habe ich richtig gehört? Er wollte doch über den neuesten Stand der Ermittlungen informiert werden. Mir scheint, er hat sich durch seine wohlgesetzte Rede selbst in Trance versetzt und seine ursprüngliche Absicht ganz vergessen. Na, das kann ja heiter werden!" Sperber blies die Backen auf und pustete dann empört die Luft aus.

„Also dieses ganze Gelabere war doch eine einzige Beleidigung für uns. Was ist denn heute los? Zuerst der Mostrich, der auf uns eindrischt, und dann Dotzauer. Wenn ich nicht wüsste, wie hoch unsere Aufklärungsquote ist, könnte ich in den Boden versinken. Aber wir wissen ja, dass die beiden nicht unsere, sondern ihre eigenen Probleme thematisieren. Wir sollten das wirklich von der heiteren Seite betrachten. Dumm nur, dass ich ausgerechnet heute Abend einen Termin mit jemandem ausgemacht habe." Karlo schüttelte bekümmert den Kopf.

„Ich kann mir schon denken, mit wem du ein Date geplant hattest, ich meine, ich kenne deine neue Flamme auch. Laura heißt sie mit Vornamen, wenn ich mich nicht irre?" Konstanze lächelte ihren Kollegen freundschaftlich an.

„Ich bewundere deine kriminalistischen Fähigkeiten wieder einmal. Du hast recht und ausgerechnet heute hatte ich vor, Nägel mit Köpfen zu machen."

„Nägel mit Köpfen machen nennt man das heute?", Wolfgang Sperber schüttelte sich, „wenn ich mir das so vorstelle, ist es vielleicht besser, wir nehmen dich heute Abend mit in unser Überwachungsauto."

Die drei grinsten sich an. „Karlo, ich schlage vor, du nimmst dir heute Nachmittag frei, dann bringst du nicht so viele Überstunden zusammen. Ich werde mich heute ebenfalls am Nachmittag ein wenig mit vorweihnachtlichen Dingen beschäftigen. Wir treffen uns heute Abend um einundzwanzig Uhr und bereiten alles für den großen Einsatz unseres Chefs vor. Konstanze, bitte kläre die Einsatzbereitschaft der Streifen ab. Wir brauchen genügend Leute, um das Gebäude zu umstellen. Aber du kennst das ja."

Konstanze nickte: „Was tue ich nur die ganze Zeit, wenn ihr beide nicht da seid?"

„Ein paar Vorschläge: Tee trinken mit Barbara, Adventslieder einüben in deinem Büro, dich als Engel verkleiden ..." Weiter kam Karlo nicht, denn Konstanze hatte ihn schon spielerisch gepackt und schrie theatralisch: „Deine blöden Ideen brauche ich nicht, du verliebter Weihnachtsmann. Ich weiß selber, was ich tun werde. Ich verkleide mich als Christkind und schwebe durch die Gänge!"

Karlo markierte den Überfallenen und krächzte: „Hilf mir, Wolfgang, sie will mich vergewaltigen!"

Sperber unterbrach das Herumalbern: „Ich finde, nun ist es genug! Wir lösen unsere Versammlung besser auf, bevor unser Boss wieder reinkommt und uns bei irgendwelchem Theater vorfindet. Ich gehe jetzt jedenfalls und du, Karlo, lass dir was einfallen. Vielleicht kannst du ja schon am Nachmittag mit deiner Freundin ‚handwerklich' tätig sein?"

Paula Brandenburg hatte an diesem Morgen mit Pfarrer Harro von Weinheim telefoniert. Sie hatte ihm von dem Spuk in der Nacht erzählt und ihn gebeten, doch so bald wie möglich zu kommen und ein Gebet für die Menschen in ihrem Haus, besonders für ihre Familie, zu sprechen.

„Heute ist es mir leider nicht möglich, Frau Brandenburg", bedauerte Harro, „wenn es Ihnen am morgigen Tag recht ist, komme ich gerne."

„Gut, morgen können auch Luisa und Florian dabei sein. Luisa kommt heute aus dem Krankenhaus. Ich wollte aber aus einem bestimmten Grund, dass sie die kommende Nacht noch auswärts zubringt."

Die beiden machten einen Zeitpunkt aus, an dem die kleine Hausandacht stattfinden sollte.

Wolfgang Sperber hatte sich, bevor er sich privaten Dingen zuwandte, auf den Weg zur Bäckerei Brandenburg gemacht. Er stapfte durch den etwas angetauten Schnee in den Straßen; denn inzwischen hatte sich wärmere Luft aus dem Süden breitgemacht und leitete ein Tauwetter ein. Es würde bestimmt nicht lange dauern, dann würde alles zu tropfen beginnen. Sperber graute es vor einer solchen Wetteränderung. Sie trat in dieser Region leider um diese Jahreszeit immer wieder auf. Das feuchtkalte Wetter würde wieder dafür sorgen, dass Erkältungskrankheiten auf dem Vormarsch waren. Wenn dann noch Regen auf dem immer noch gefrorenen Boden dazu kommen würde, musste man mit einer gefährlichen Glätte rechnen.

Als er bei der Bäckerei angekommen war, ging er in den Laden und sagte der Verkäuferin, er wolle den

Meister sprechen. Bald darauf kam sein Freund und begrüßte ihn mit übernächtigtem Gesicht. Er führte ihn in den Aufenthaltsraum. „Gut, dass du kommst, Wolfgang! Dein Chef hat sich für heute Nacht bei uns einquartiert. Ich hoffe nur, dass es dann auch spukt, sonst bekommen wir ihn womöglich als Dauergast. Du bist doch hoffentlich heute Nacht mit von der Partie?"

„Ja, meine Leute und ich sind in Rufweite. Ich wäre aber sehr froh, wenn nichts passieren würde. Ich bin gekommen, um dich um die Schlüssel der Eingangstüren zu bitten. Außerdem wollte ich mir die Örtlichkeiten bei Tage ansehen, damit ich meine Mitarbeiter entsprechend informieren kann. Nachts ist alles etwas schwieriger."

„Klar, komm mit, ich zeige dir alles." Der Bäcker ging ihm durch den Gang voraus und zeigte ihm auch die Räume, die sich rechts und links davon befanden. Nachdem sich der Kommissar alles gründlich angesehen hatte, verabschiedete er sich von Brandenburg und lief durch die weihnachtlich geschmückte Innenstadt nach Hause.

Dort angekommen, wollte er sich Gedanken über seine Weihnachtskrippe machen. Wie jedes Jahr war das Krippenaufstellen für ihn eine ganz wichtige Sache. Jedes Jahr sollte die Krippe ein klein wenig anders aussehen. Nachdem Julia an diesem Tag erst etwas später von ihrer Arbeit zurückkam, hatte er nun Zeit und Muße, sich seiner Liebhaberei zu widmen. Er stieg auf den Dachboden seines Hauses und suchte nach dem großen Brett, das als Unterlage für den Krippenaufbau dienen sollte. Daneben fand er auch gleich die Kartons, in denen sich all die schönen Figuren und die vielen kleinen und größeren Gegenstände befanden, die seit Jahrzehnten zu der sperberschen Familienkrippe gehörten.

Wolfgang hatte die Krippe von seinen Eltern übertragen bekommen. Bereits Wolfgangs Vater hatte sie von seinem Vater. Die Figuren und die Gegenstände gehörten zu einer wertvollen, sehr kunstvoll gearbeiteten sizilianischen Krippe. In Wolfgang weckten die Dinge immer ein Gefühl der Feierlichkeit und eine gewisse Ehrfurcht, wenn er sie sorgsam auspackte.

Nach und nach brachte er die Kartons ins Wohnzimmer und stellte sie auf den Boden.

Um sich in die dazu passende Stimmung zu versetzen, legte er eine seiner alten Adventsschallplatten auf den Plattenspieler, den er manchmal dem etwas einfacher zu handhabenden CD-Spieler vorzog. Er war der Ansicht, dass eine Schallplatte irgendwie mehr Leben hatte. Das war natürlich seine ganz individuelle Meinung. Aber diese Einstellung hatte einfach etwas mit den Gefühlen zu tun, die er beiden Medien gegenüber entwickelt hatte.

Zunächst musste er nun den Platz frei machen, auf dem die Landschaft entstehen sollte. Er räumte einen größeren Tisch im Wohnzimmer ab und legte die Grundplatte darauf. Dann fing er mit dem Auspacken an und stellte die Figuren vorsichtig auf den Wohnzimmertisch. Immer wieder drehte er die Figuren in der Hand und betrachtete sie. Es war ihm, als würde er alte Freunde begrüßen, denen er lange nicht begegnet war.

Nach den Figuren kamen antik gestaltete Säulen, Treppen, Mauern und Eingänge zum Vorschein. Dazu passend fanden sich allerlei südländische Pflanzen. Dann kamen Gegenstände des täglichen Lebens aus früherer Zeit ans Licht.

Nach und nach füllte sich die Platte des Tisches. Wolfgang Sperber fand bei diesem Tun zu sich selbst. Die Musik im Hintergrund passte zu seiner Innerlichkeit. Gedanken und Empfindungen waren geweckt. Erinnerungen an seine Kindheit, an die große Vorfreude auf Weihnachten. „Sicher war damals alles noch viel schlichter als in den heutigen Tagen“, ging es ihm durch den Sinn. Es war aber viel inniger, persönlicher, nicht so von außen her bestimmt. Kleine und größere Ereignisse prägten die Wochen vor Weihnachten. Geheimnisse lagen in der Luft. Und gerade diese Spannung und die Geheimnistuerei waren das Schöne gewesen. In der Schule gab es Feierstunden, die den Tagen Glanzlichter aufsetzten. Begleitet war alles von vielerlei Vorbereitungen. Man musste seine Rolle im Krippenspiel lernen. Mit Freundinnen und Freunden versuchte man sich im Üben von Advents- und Weihnachtsliedern auf den Blockflöten.

Die Erwachsenen reagierten auf seine vorgetragenen Wünsche, welche Geschenke er zu Weihnachten wollte, oft mit bedächtigem Wiegen des Kopfes und einer manchmal zweifelnden Miene. Er dachte an den Großvater, der dabei immer ein Auge zugekniffen hatte und schelmisch sagte: „Wer weiß, was sich das Christkind in diesem Jahr einfallen lässt.“ Ach ja, Großvater und Großmutter! Er seufzte ein wenig. Schade, dass er die Eltern seines Vaters nicht länger haben durfte. Beide waren so herzliche und gute Menschen gewesen. Die Eltern seiner Mutter hatten weiter weg gewohnt und dadurch konnten sie einander nicht so häufig sehen. Trotzdem hatte er sie doch auch als liebenswerte Menschen in Erinnerung.

So versunken in vielen Gedanken nahm Wolfgang das Fortschreiten der Zeit nicht zur Kenntnis. Er hatte begonnen, den Unterbau der Krippe aufzustellen, und war eben dabei, den Platz für die einzelnen Pflanzen und die Orte festzulegen, an denen sich die jeweiligen Szenen entfalten sollten, als er das Öffnen der Haustüre und daraufhin Julias Stimme hörte, die ihn vom Gang her erreichte. Erstaunt rief sie: „Wolfgang, wieso bist du schon zu Hause?“

„Ich habe mir frei genommen“, rief er launig zurück.

Dann kam sie ins Zimmer, freute sich und rief: „Du baust unsere Krippe auf! Juhu. Jetzt fängt für mich die Advents- und Weihnachtszeit an!"

Vorsichtig die Füße zwischen die kreuz und quer liegenden Kartons und Papiere setzend, kam sie dann zu ihm hin und küsste ihn auf den Mund. „Das ist eine schöne Überraschung! Lässt du mich ein wenig mitmachen?"

Wolfgang nickte. Eigentlich hätte er die Krippe noch einige Zeit alleine weiter aufstellen und dabei seinen Gedanken nachgehen wollen, aber er freute sich auch an Julias Nähe. Beide gestalteten nun mit vereinter Kreativität und hatten ihren Spaß bei der Erinnerung an manche Geschichten früherer Weihnachten, die meist mit den Worten „Weißt du noch ..." begannen.

Wolfgang bereitete Julia auf seinen Nachteinsatz vor und erzählte von Dotzauers Willen, in die laufenden Ermittlungen einzugreifen. „Au weh, da kommen auf euch interessante Zeiten zu. Endlich lernt ihr, wie es richtig geht." Julia amüsierte sich. „Passt nur gut auf ihn auf, damit ihm nichts passiert!"

Als der Abend herankam, machte sich Rudolf Dotzauer fertig, um sich von seinem Fahrer zum alljährlichen Weihnachtsempfang des Regierungspräsidenten bringen zu lassen. Er zog sich seine gute Uniform an, die mit allen erworbenen Ehrenzeichen geschmückt war, und wartete auf das Eintreffen seines Wagens. Um sich das Warten zu verkürzen, trank er ein Glas Sherry. Kaum hatte er es genüsslich geleert, läutete es an der Tür. Er zog sich seinen Mantel über. Mit einem zackigen „Guten Abend, Herr Polizeidirektor!" und einer militärischen Ehrenbezeugung begrüßte ihn sein langjähriger Fahrer Diethelm Schmid und riss vor ihm den Wagenschlag auf.

Genau so gefiel es Dotzauer. Wenn Schmid sich so

formell benahm, fühlte er sich immer wichtig und bedeutend. Dafür bekam der Oberwachtmeister von ihm auch immer wieder kleine Vergünstigungen. Heute Abend zum Beispiel durfte Schmid tatsächlich mit zu der Feier hineingehen. Er durfte als kleiner Mann sozusagen einmal „mit den großen Hunden zum Pinkeln gehen", wie es Dotzauer wohlwollend für sich bezeichnete. Außerdem wirkte es recht gut, wenn er mit einem Untergebenen, quasi einem Assistenten, im Festsaal erschien, das erhöhte seine Person in den Augen der anderen, vermutete er.

Dotzauer wies Schmid an, den schwarzen Mercedes-Dienstwagen durch das offene Tor des Hofgartens zu fahren und direkt unterhalb der Orangerie einzuparken. Wieder öffnete ihm der Fahrer den Wagenschlag und salutierte.

Dotzauer nickte ihm gnädig zu und forderte ihn leise auf: „Kommen Sie mit hinein und essen und trinken Sie, aber keinen Alkohol bitte!" Der zweite Teil seines Satzes hatte einen scharfen Klang bekommen. Dann schritten die beiden Herren die Treppe hoch, überquerten den weitläufigen Platz vor dem Gebäude und betraten den großen, festlich geschmückten Saal. Am Eingang wurde Dotzauers Einladungskarte geprüft. Mit einer lässigen Handbewegung zu Schmid hin sagte er zu der bildhübschen jungen Kontrolleurin knapp: „Der Mann gehört zu mir, mein Assistent." Ein wenig kokett lächelnd antwortete das reizende Wesen: „Ist schon in Ordnung." Nachdem die beiden Uniformierten ihre Mäntel und Mützen an einer Garderobe abgegeben hatten, nahmen sie sich Getränke vom Büfett. Die anderen Teilnehmer plauderten angelegentlich miteinander, nicht ohne genau zu beobachten, wer gerade ankam und welches Getränk er für sich aussuchte. Sekt pur, Sekt und Orangensaft, nur Wasser? „Was hat der? Ist er krank oder was ist mit ihm los?"

Man schätzte einander ein und fühlte die eigene Person geschmückt und irgendwie erhöht, wenn man ein prominentes Gesicht erblickte. Dann tuschelten sie miteinander: „Der oder die Sowieso ist auch da!", und dann nickte man sich bedeutungsschwer zu. Es war ein in gewissen Abständen sich immer wieder neu vollziehendes Ritual der obersten Schicht dieser Stadt. Wer dazu nicht geladen war, der gehörte einfach nicht zu dieser Kleinstadt-High-Society.

Wenn die Zeit des Wartens erfüllt war, wurden die Eingeladenen, die übrigens bis auf einige Invaliden des Gesellschaftslebens die ganze Zeit stehen mussten, vom Regierungspräsidenten begrüßt. Wer dabei mit Namen genannt wurde, gehörte natürlich zu den ganz Besonderen. Die persönlich Begrüßten reckten sich ein wenig, damit sie nicht übersehen wurden, taten bescheiden und nickten leutselig nach allen Seiten. Dotzauer gehörte zu den persönlich mit Namen Begrüßten. Er genoss es unwahrscheinlich, für einen winzigen Augenblick im Licht der Aufmerksamkeit zu stehen. Auf die Begrüßung folgten die Reden. Meist glichen sie einander und waren im Grunde furchtbar langweilig. Die Zuhörer bemühten sich angestrengt darum, ein interessiertes Gesicht zu machen, und lachten und applaudierten, wenn das alle taten.

Diese Prozedur gehörte eben bei diesen Veranstaltungen irgendwie dazu und hatte, wie man aus Erfahrung wusste, auch irgendwann ein Ende. Dann folgte das Eigentliche: das Büfett mit der Kontakt- und der Netzwerkpflege. Denn ohne Netzwerk war man schließlich in dieser Welt verloren. So vieles ging unter der Hand mit leichter Hand und manches wurde auch unter dem Teppich gut verstaut.

Unglücklicherweise trafen Polizeidirektor Dotzauer und der Zeitungsverleger Arno Belferlein ausgerechnet am Büfett aufeinander. Anstatt nun, wie es die Gepflogenheiten forderten, einander höflich zu begrüßen, schoss beiden das Blut in die Köpfe. Ohne auf die Umstehenden zu achten, begannen sie sodann ein hitziges Wortgefecht, das mit dem Heben, Senken und Schwenken der gefüllten Teller unterstrichen wurde. Dotzauer polterte los: „Herr Verleger, ich würde mir wünschen, Sie würden Ihren Hofpoeten Mostrich besser an der Kandare halten. Seine Anwürfe stehen mir bis hierher." Der volle Teller markierte den Stand von Dotzauers Ärger unterhalb seines Kinns. „Der sollte sich um eine sachliche Berichterstattung kümmern. Seine perversen Angriffe auf die Ordnungsmacht in dieser Stadt sind ein Skandal der Sonderklasse. Und schuld daran sind Sie, Herr Belferlein! Wenn das so weitergeht, sehe ich Sie und Ihren Clown demnächst vor dem Presserat!"

Dotzauers Augen waren bei diesen heftig herausgeschleuderten Worten etwas aus ihren Höhlen getreten. Die Adern an Hals und Stirn waren angeschwollen. Sein Gesicht feuerrot. Belferlein ließ diese plumpe Tirade nicht einen Moment auf sich sitzen. Er legte sofort los, als Dotzauer noch nach Luft schnappte. „Sie haben es gerade nötig, an mir und meinen Angestellten Kritik zu üben! Was bringen Sie denn schon zusammen mit Ihren armseligen Spielzeugsoldaten. Ansbach ist unter Ihrer Mitwirkung zu einem Tummelplatz des internationalen Verbrechens geworden. Schämen Sie sich lieber, als hier in der gehobenen Öffentlichkeit Medienschelte zu üben. Sie wissen, dass wir, die Medien, Sie und alle, die hier herumhüpfen", er beschrieb mit der freien Hand einen großen Bogen, „jederzeit klein und hässlich erscheinen lassen können, wenn wir nur wollen. Durch uns hat die wahre Macht im Land erst ihre Macht, ist Ihnen das noch nicht aufgefallen? Nein, natürlich nicht! Weil Ihnen und Ihren Leuten leider ganz wenig auffällt. Da werden die Menschen in dieser Stadt reihenweise abgeschlachtet, aber ihr kommt und kommt nicht drauf, wer das tun könnte." Dann setzte er noch sarkastisch lachend oben drauf: „Ihr armseligen Gespensterjäger! Mit euch sind wir schon geschlagen!"

Sein Gelächter verstummte abrupt, denn Dotzauer hatte ihn bereits am Kragen gepackt und schüttelte ihn heftig hin und her: „Du windiger Schreiberling, dir werde ich's zeigen!" Bei dieser kraftvollen Aktion flogen die Teilchen von den Tellern nach allen Seiten. Dann folgten die Teller der beiden, die scheppernd zu Boden fielen. Inzwischen war man natürlich allgemein auf das Geschrei aufmerksam geworden. Die Menschen hatten sich rasch herangedrängt und bildeten bereits einen dichten Kreis um die beiden Kontrahenten. Einige Damen schrien, von den fliegenden Essensbröckchen getroffen, auf und wischten farbige Soße und Fett tiefer in das Gewebe ihrer edlen Kleider. Männer wichen Schutz suchend nach hinten aus und stolperten über die Füße der dicht hinter ihnen Stehenden.

Protest- und Schmerzensschreie wurden laut und es entstanden sogar kleine Rangeleien. Diethelm Schmid hatte den heraufziehenden Sturm erst bemerkt, als es schon sehr heiß herging. Sofort erwachte in ihm der Schutzmann im Dienst. Er stellte eilig seinen vollen Teller weg und wand sich energisch durch den Ring der Neugierigen. Bei seinem kämpfenden Chef angekommen, warf er sich zwischen die beiden Männer und schrie aus Leibeskräften: „Polizei! Sofort aufhören, sonst nehme ich Sie beide fest!"

Das hatte Wirkung. Dotzauer hörte auf, den ein Stück kleineren und schmächtigen Belferlein zu schütteln. Der schaute völlig verwirrt und ein bisschen blau um die Nase auf den Polizisten. Sein kräftiger Gegner hatte ihm den Hemdkragen sehr fest zugezogen, sodass er nur noch wenig Luft bekommen hatte. Dotzauer gab ihm noch einen kräftigen Schubser, sodass er zurücktaumelte und einer Dame auf die Zehen trat, die laut aufjaulte. Dann brüllte er seinen Fahrer an: „Schmid, Sie sind wohl völlig durchgeknallt! Verhaften will mich das Würstchen!" Dotzauer lachte spöttisch: „Ein kleiner Wicht sind Sie, ein Nichts im Getriebe meiner Organisation. Merken Sie sich das!"

Damit hatte er den Oberwachtmeister an einer sehr empfindlichen Stelle getroffen. „Wenn ich ein Wicht bin, dann sind Sie ein aufgeblasener Popanz und sonst gar nichts!", brüllte er zurück.

Endlich war es dem Regierungspräsidenten gelungen, sich durch die Menge zu drängen. „Aber meine Herren, was soll denn dieses ungeheuerliche Benehmen bedeuten? Sie wissen wohl nicht, wo Sie sich hier befinden? Ihre Wirtshausmanieren können Sie anderswo austoben, aber nicht auf meinem Weihnachtsempfang! Sie verlassen jetzt alle drei sofort diesen Raum!" Er verkniff es sich gerade noch zu sagen: „Sonst rufe ich die Polizei!" Das hätte der Häme, der er wegen des Vorfalls ausgesetzt sein würde, dann wohl doch die Krone aufgesetzt.

Deshalb machte er nur eine eindeutige Geste und rief: „Raus!"

Jetzt wurde den so des Platzes Verwiesenen bewusst, was sie gerade angerichtet hatten. Sie gingen mit gesenktem Haupte durch den sich öffnenden Ring der Sensationsgierigen. Schmid rannte zur Garderobe und holte seine und seines Chefs Mäntel und Mützen. Nacheinander verließen Belferlein und der Polizeidirektor den Festsaal. Der Wachtmeister bemühte sich, seinen Chef einzuholen, bevor der vor dem Gebäude den Streit mit dem Verleger neu aufflammen lassen konnte. Er trat vor ihn hin, salutierte und sagte militärisch: „Mantel und Mütze des Herrn Polizeidirektors!" Dotzauer nahm beides wortlos entgegen. „Ich bitte Herrn Polizeidirektor um Entschuldigung für meine Entgleisung. Das soll mir nie wieder passieren. Ich verspreche es!“

Der Angeredete erwiderte nichts darauf. Er wandte sich einfach ab und schritt verdrossen in Richtung seines Dienstwagens. Belferlein war inzwischen nicht mehr zu sehen. Schmid atmete auf. Mit gewohnter Geste riss er dann vor seinem Gebieter den Schlag des Wagens auf und salutierte vorsichtshalber noch einmal. Als er seinen Platz hinter dem Steuer eingenommen hatte, hörte er von hinten nur Straße und Hausnummer des brandenburgischen Geschäfts. Der Weg dorthin war denkbar kurz, aber es war undenkbar, dass ein ranghoher Mann ihn einfach gehend bewältigte. Also fuhr ihn Schmid vor den großen Häuserblock.

Dotzauer stieg grußlos aus und lief zu einem Schmid bekannt vorkommenden grauen Kastenwagen. Im Inneren des perfekt mit allen technischen Schikanen ausgestatteten Spezialfahrzeuges saßen Sperber und seine Kollegen. Als Dotzauer schweigend einstieg, bat Sperber ihn, sein Jackett auszuziehen. Karlo machte sich sofort daran, Dotzauer nach allen Regeln der Kunst zu verkabeln. Danach half er ihm beim Anlegen der schusssicheren Weste und des Holsters seiner Dienstwaffe. Bevor er sie an ihren Platz steckte, prüfte sie der junge Kommissar noch einmal akribisch. „Bitte schalten Sie jetzt die Kamera ein, damit wir auf dem Monitor sehen, ob sie richtig eingestellt ist.“ Er zeigte Dotzauer den Einschaltknopf. „Hier schalten Sie das Mikro ein. Da ist der Notrufknopf, den Sie bitte dann drücken, wenn wir eingreifen sollen.“ Dotzauer nickte und sagte kein Wort. Die Mattscheibe des Monitors, der auf einem Schränkchen stand, zeigte jetzt das Bild, das sich dem Objektiv der kleinen Kamera bot.

Dotzauer legte seine Dienstmütze ab und stieg weiterhin schweigend aus dem Wagen. In etwas gebückter Haltung ging er auf das Haus des Bäckers zu. Der Monitor gab diese Haltung wieder und zeigte schwankende Bilder eines immer noch verschneiten Gehwegs. Sie sahen kurz darauf die Haustüre. Dotzauers Finger drückte auf den Klingelknopf. Auf das Klingeln öffnete Brandenburg vorsichtig die Türe und der Polizist schlüpfte in das Haus. Jetzt erkannten sie hinter dem Rücken des Bäckers immer wieder in kurzen Momenten den Hausflur. Dotzauer wurde zu einem möblierten Zimmer geleitet. Der Hausherr zeigte auf einen im Raum stehenden Sessel: „Hier können Sie Platz nehmen", und auf vorbereitete Getränke. Dann deutete er auf eine Platte mit Häppchen: „Bitte bedienen Sie sich." Brandenburgs Stimme klang höflich und etwas distanziert. Dotzauer bedankte sich.

„Wir haben auch etwas Literatur für Sie vorbereitet, damit Ihnen die Zeit nicht so lang wird", beeilte sich der Bäcker zu bemerken und dann bedankte er sich mit warmer Stimme für das Angebot, ihm und seiner Familie Schutz zu gewähren.

Dotzauer reagierte äußerst wortkarg. „Das tut nichts zur Sache. Ist schon in Ordnung. Ich wünsche uns eine ruhige Nacht."

„Ich muss jetzt zu Bett gehen, weil ich bereits um drei Uhr mit meiner Arbeit wieder anfangen muss. Bitte entschuldigen Sie mich deshalb jetzt."

„Schon gut." Mehr sagte Dotzauer nicht. Der Bäcker verließ das Zimmer.

„Was ist denn mit dem los?", Sperber wunderte sich, „so wortkarg habe ich unseren Chef noch nie erlebt. Ob der Angst hat?"

„Könnte ich mir schon denken", sagte Konstanze, „für keinen von uns ist so ein Job erstrebenswert. Geschehen kann eigentlich alles und es dauert seine Zeit, bis wir drin sind, wenn er uns ruft. Ich möchte auch nicht gerade in seiner Haut stecken!" Sie beobachteten, wie sich Dotzauer eine Illustrierte herholte und anfing, darin zu lesen. Man hörte jetzt nur sein ruhiges Atmen und ab und zu das Rascheln der Zeitschriftenblätter. Nach einiger Zeit bekam Dotzauer anscheinend Hunger. Er nahm sich ein Häppchen nach dem anderen von dem Tablett. Als er ungefähr die Hälfte davon leise schmatzend verspeist hatte, öffnete er eine Flasche Mineralwasser und ließ es gluckernd in ein Glas laufen. Anschließend trank er es in großen Zügen aus.

„Der muss ja Durst haben. Mir scheint, der hat bei seiner Promiparty zu wenig bekommen", vermutete Karlo. Der Wartende las dann weiter in seiner Illustrierten und es geschah lange nichts. Den im Wagen Sitzenden wurde die Zeit lang und länger. Ab und zu machte einer von ihnen eine Bemerkung, damit es nicht ganz so still war. Sperber gab von Zeit zu Zeit den Sachstand an die lauernden Streifenbesatzungen weiter. Stundenlang geschah gar nichts, außer dass Dotzauer offenbar eingeschlafen war. Das bunte Blatt war ihm vom Schoß geglitten. Die Kamera schwankte nun leicht im Rhythmus der tiefen Atemzüge auf und ab und zeigte dabei im Wesentlichen immer dasselbe Bild. Dann fing der Schlafende zuerst leise, dann immer lauter zu schnarchen an.

„Mensch, auch das noch!", stöhnte Karlo. Sperber und Konstanze bemühten sich ihrerseits, wach zu bleiben.

Alles war jedoch mit einem Mal verändert, als das Mikrofon plötzlich einen dumpfen Knall übertrug. Die Polizisten im Wagen waren sofort hellwach. Nicht so Dotzauer. Er schlief weiter und schnarchte dabei.

Sperber gab eine Meldung an die Streifen durch: „Lautes Geräusch. Es scheint loszugehen. Alle in erhöhter Bereitschaft!"

Der Knall wiederholte sich, dann setzte ein geradezu infernalischer Lärm ein. Ein Rasseln, Klappern und Schlagen, das einen Toten wieder aufgeweckt hätte. Auch Dotzauer wurde dadurch wach. Er sprang erschrocken auf, zog seine Pistole, stürmte auf den Gang hinaus und brüllte: „Polizei! Stehen bleiben oder ich schieße! Ergeben Sie sich sofort. Sie sind umzingelt. Sie haben keine Chance. Kommen Sie mit erhobenen Händen sofort zu mir her und keine Mätzchen!"

Auf diesen Ruf hin krachten schnell hintereinander Schüsse im Haus. Die Polizisten hörten Dotzauer laut aufschreien. Sie beobachteten, wie das Kamerabild schnell in Richtung Boden flog und dann zitternd zur Ruhe kam. Es stand aber nicht still. Dotzauer war wohl von einer oder mehreren Kugeln getroffen worden und bewegte sich jammernd und stöhnend hin und her. Sperber gab sofort den Befehl zum Zugriff. Während die drei aus dem Wagen sprangen und auf das Haus zurannten, rauschten von allen Seiten Polizeiautos heran. Schutzleute sprangen heraus. Einige umstellten das Haus. Andere folgten den Kriminalern zur Haustüre. Wieder andere waren schnell zum Hintereingang geeilt und sperrten bereits die Türe auf. Vorsichtig schlichen sie mit gezückten Waffen in das Haus hinein. Sperber und seine Leute drangen durch die Haustüre vor.

„Dotzauer in Sicherheit bringen. Sofort Schusswaffen gebrauchen, wenn auf uns geschossen wird!", rief er laut in sein Sprechfunkgerät. Und dann schrie er in den Gang hinein, sodass es von allen Seiten zurückhallte: „Sie haben keine Chance! Geben Sie auf. Sollten Sie einen Schuss abgeben, eröffnen wir das Feuer auf Sie!"

Als Antwort auf seine Aufforderung wurde von der anderen Seite das Feuer auf die Polizisten eröffnet. Mehrere Schüsse krachten schnell hintereinander. Die Kugeln flogen über die Beamten hinweg und pfiffen als Querschläger durch den Flur. Gott sei Dank wurde dabei niemand angeschossen. Alle hatten sich auf den Boden geworfen und versuchten, Schutz zu finden. Die Polizisten fingen an, in Richtung des Mündungsfeuers Schüsse abzugeben.

Wieder pfiffen Querschläger gefährlich durch den langen Gang. Aus dessen verborgenem Teil ertönte plötzlich ein lauter Schmerzensschrei. Dann trat zunächst Stille ein. Es war eine aufs Äußerste angespannte Stille, die die Nerven der Beamten angriff.

Sperber brüllte nochmals: „Lassen Sie die Waffe fallen und kommen Sie sofort mit erhobenen Händen auf uns zu. Eine falsche Bewegung und Sie sind tot!" Ein lautes Stöhnen folgte dieser Aufforderung. Von dort, wo der Gang eine Biegung machte, folgten ein Klappern und ein schlitterndes Geräusch.

„Waffe ist weg! Nicht schießen. Ich komme auf Sie zu. Bitte nicht schießen!" Der letzte Satz war wie unter Schmerzen herausgestoßen worden. Erstaunt erkannten die Beamten eine Frauenstimme. Sie schalteten starke Handscheinwerfer ein und hielten ihre Pistolen schussbereit in den nun hell erleuchteten Hausflur gerichtet.

Nun sahen sie auch Dotzauer, der reglos am Boden lag. Um ihn hatte sich eine große Blutlache gebildet. Die Nervenanspannung war in den nächsten Minuten nahezu mit Händen zu greifen. Allen war bewusst: Das ist jetzt der gefährlichste Moment der Aktion. Die Polizisten boten gute Zielscheiben. Jetzt brauchte diese Person nur auf die Scheinwerfer zu zielen. Jeder Schuss würde ein Treffer sein. Instinktiv duckten sich die Angreifer und wussten zugleich, dass ihnen diese Haltung nichts nützen würde, falls jemand auf sie feuerte.

Die Finger der Schutzleute lagen auf dem Druckpunkt ihrer Waffen, als eine ganz in Weiß gekleidete Gestalt, deren Gesicht auch vollkommen weiß geschminkt war, schlurfend, jammernd und leicht schwankend mit erhobenen Händen um die Ecke kam.

Sperber rief zu der Person hin: „Langsam auf die Knie gehen. Hände auf den Kopf!" Sie folgte zögernd und stöhnend der Aufforderung. Dann war der Bann irgendwie gebrochen. Alle atmeten erst einmal tief durch.

„Achtung! Vorsicht!", rief Sperber seinen Leuten zu, „es könnten Komplizen da sein. Person festnehmen. Kollegen Dotzauer sichern!"

Über sein Sprechfunkgerät gab er weitere Anweisungen an die Kollegen, die das Haus vom Nebeneingang her gestürmt hatten: „Alle Lichtschalter einschalten! Alles durchsuchen! Immer auf Sicherheit achten!"

Sofort kam Bewegung in den Trupp im Hausflur. Der Person, die anscheinend weiblichen Geschlechts war, wurden Handschellen angelegt, Mehrere Beamte zogen sie hoch. Sie schrie auf und klagte laut über Schmerzen. Ihre Bewacher schleiften sie dessen ungeachtet schnell zur Haustüre hinaus auf ein wartendes Transportfahrzeug zu. Unterwegs bemerkten sie allerdings, dass die Frau stark blutete. Sie hatte wohl einen oder mehrere Schüsse abbekommen. Die Polizisten riefen nach einem Notarzt. Aus einem der Sanitätswagen, die inzwischen aufgefahren waren, sprang ein Arzt und lief mit einigen Koffern bepackt zu ihnen hin. Hinter ihm folgten Sanitäter. Sperber forderte vom Hausinneren aus über Sprechfunk einen Arzt und Sanitäter für Polizeidirektor Dotzauer an, der wohl einen großen Blutverlust erlitten hatte.

Die Helfer kamen schnell und untersuchten den am Boden Liegenden nur kurz. Der Arzt legte ihm eine Infusion gegen den Schock an, dann wurde der Verletzte sorgsam auf eine Trage gelegt und eilig zu einem der Krankenwagen geschafft.

Während des Abtransports der Verletzten blitzten immer wieder Kameras auf. Sicher waren die Medien wieder von irgendjemandem über die Aktion informiert worden. Bevor die Journalisten jedoch zudringlicher werden konnten, sperrten Polizisten die Straße mit Bändern ab. Der Einsatzleiter der Streifenwagenbesatzungen teilte ein paar seiner Leute zur Bewachung der Zone vor dem Haus ein.

Wenige Minuten später meldeten die Einsatztrupps kurz nacheinander, dass sie die Durchsuchung des Erdgeschosses beendet hatten. Weitere Personen waren nicht gefunden worden. Der Erkennungsdienst würde sich anschließend um die starke LED-Leuchte im Flur und um die Pistole der Täterin sowie um die Gerätschaften kümmern, mit der die Frau den großen Lärm veranstaltet hatte.

Sperber stellte im Haus einige Wachen auf und ließ die Einsatzkräfte abrücken, die nicht mehr unmittelbar gebraucht wurden. Dann stieg er in das Obergeschoss zur Wohnung der Familie Brandenburg. Als er an der Tür läutete und ihnen seinen Namen nannte, wurden innen erst einmal schwere Gegenstände verschoben, mit denen das Ehepaar seine Wohnungstür verbarrikadiert hatte.

Mit bleichen Gesichtern und angstvoll geweiteten Augen öffneten ihm Albrecht und Paula Brandenburg schließlich ihre Türe. „Wolfgang, was war denn los? Habt ihr da unten Krieg geführt? Es hat ja nur noch gekracht und gescheppert."

Sperber beruhigte sie: „Ihr braucht keine Angst mehr zu haben, wir haben eine weibliche Person festgenommen, die das Spektakel in eurem Haus aufgeführt hat. Ich habe Wachen aufgestellt, die die Nacht über bei euch aufpassen. Die Frau ist von uns angeschossen worden, mehr weiß ich noch nicht. Leider ist auch Polizeidirektor Dotzauer verletzt. Er wurde von der Frau angeschossen. Sie hatte sich übrigens als Weiße Frau maskiert."

„Ach, das ist alles so schrecklich!", rief Paula und fing haltlos zu weinen an. Albrecht nahm sie in den Arm und führte sie in die Wohnung zurück. Dort setzte er sie behutsam in einen Sessel und streichelte sie, tröstende Worte murmelnd.

Sperber rief über sein Sprechfunkgerät nach einem Arzt, der sich um Paula kümmern sollte. Als sie wenig später in einen der Krankenwagen gebracht worden war, bekannte Sperber seinem Freund erschöpft: „Albrecht, wenn ich gewusst hätte, wie risikoreich sich dieser Einsatz gestaltete, hätte ich ihn nie und nimmer mit eigenen Leuten durchgeführt. Das wäre eigentlich die Arbeit des SEK gewesen. Aber es hatte am Anfang alles so harmlos ausgesehen. Ich muss zugeben, dass ich an ein wirkliches Auftreten dieses Gespenstes nicht geglaubt habe. Ich dachte eher an einen Schabernack, den sich euere Angestellten für euch ausgedacht hatten. Du kannst dir gar nicht vorstellen, wie froh und erleichtert ich bin, dass es keine weiteren Verletzten oder gar Tote gegeben hat. Jetzt bin ich gespannt, wie schwer Dotzauer verletzt ist. Ich fahre mit meinen Leuten nachher gleich in die Klinik hinauf, um mich nach ihm zu erkundigen. Seine Frau wurde sicher von Kollegen verständigt. Sie wird sich wohl vor Sorge und Angst in Auflösung befinden. Wir müssen uns auch um sie kümmern. Vielleicht können wir sogar eine erste Vernehmung der Täterin durchführen. Ich kann meine Neugierde kaum im Zaum halten, zu erfahren, was sie zu ihren unglaublichen Maßnahmen gegen euch gebracht hat. Ihr habt da eine Feindin, von der ihr offenbar nichts wisst?"

„Wolfgang, ich kann einfach nicht verstehen, was diese Frau gegen uns haben soll. Wir haben doch niemandem etwas angetan. Wir haben ein gutes Verhältnis zu unseren Mietern, zu den Kunden sowieso und auch sonst keinen Ärger mit jemandem." Er legte sein Gesicht in seine Hände und schüttelte energisch den Kopf. „Ich bin auch fix und fertig. Heute bleibt der Laden geschlossen. Wir müssen uns erst wieder fangen. Paula ist vollkommen mit den Nerven am Ende. Unsere Kinder vergehen sicher inzwischen vor Sorge um uns. Ich freue mich, dass sie heute kommen, damit wir uns als Familie wieder finden und überlegen, wie es nun weitergehen soll mit uns. Das Geschäft möchte ich jedoch auf keinen Fall aufgeben. Es ist doch ein wichtiger Lebensinhalt für uns. Übrigens wird auch unser Pfarrer von Weinheim heute kommen und für uns und unsere Angestellten eine kleine Andacht halten. Ich denke, das könnte besonders Paula wieder Zuversicht geben. Vielleicht machen wir auch eine Woche Betriebsurlaub. Ich nutze die Möglichkeit und lasse uns von meinem befreundeten Kollegen aus Zandt beliefern. Dann kann ich das Geschäft öffnen. Ich muss mir über all das erst noch Gedanken machen."

Sperber legte ihm die Hand auf den Arm: „Nimm dir Zeit für dich und für deine Familie. Ich werde mich ebenfalls im Laufe des Tages nach euch umsehen. Die Wache lasse ich den ganzen Tag und auch kommende Nacht in eurem Haus. Vielleicht gibt euch das eine gewisse Sicherheit. Aber jetzt muss ich schnell gehen. Meine Kollegen erwarten mich sicher schon ungeduldig."

Sperber lief winkend zur Treppe. Im warmen Überwachungswagen vor dem Haus warteten Konstanze und Karlo auf ihn. Sie waren ebenfalls sehr neugierig darauf, was sie im Klinikum erfuhren.

Als sie schließlich dort ankamen, berichtete ihnen ein Arzt, dass Dotzauer wegen seines hohen Blutverlustes auf die Intensivstation gebracht worden war. Sein allgemeiner Zustand wäre stabil, berichtete er ihnen. Er war am Oberkörper getroffen worden. Dort hatte die schusssichere Weste Schlimmeres verhindert. Aber durch den Druck der Geschosse waren starke Prellungen entstanden und zwei Rippen gebrochen. Der Treffer eines großen Blutgefäßes am Bein jedoch hatte zu dem gefährlichen Blutverlust geführt. „Er hätte leicht an dem dadurch entstandenen Schockzustand sterben können", urteilte der Mediziner und teilte ihnen mit, „seine Frau ist übrigens bei ihm".

Auf Sperbers Frage, ob sie die Täterin vernehmen könnten, antwortete er entschieden: „Nicht vor morgen Nachmittag! Erst müssen wir noch weitere Untersuchungen bei ihr durchführen. Außerdem braucht sie Ruhe. Ihre Schussverletzungen sind zwar nicht so sehr schwer, sie hat offenbar unglaubliches Glück gehabt, aber ihr Gesamtzustand lässt eine Befragung derzeit einfach nicht zu."

Sperber und seine Leute waren enttäuscht, aber es war ihnen verwehrt, dem Urteil des Arztes zu widersprechen. „Wir machen jetzt Schluss und treffen uns erst um elf Uhr zu einer großen Besprechung aller am Einsatz Beteiligten. Ich muss vorher noch dem Polizeipräsidenten Meldung von der Sachlage machen, insbesondere von Dotzauers Ausfall. Wir fahren jetzt auf dem schnellsten Weg heim. Karlo, du lieferst Konstanze und mich zu Hause ab. Das Auto kannst du später mit zur Inspektion bringen."

Inzwischen war es bereits vier Uhr morgens. Für die drei Kommissare würde es nur eine kurze Nachtruhe geben.

Wolfgang Sperber kam schon um neun Uhr in der Inspektion an.

Bereits beim Frühstück hatte er aus der Zeitung mit Bestürzung von dem Zusammenstoß Dotzauers mit dem Verleger erfahren. Mostrich überschlug sich geradezu vor Häme über den unbeherrschten Polizeichef. In einem Kommentar neben dem Bericht forderte er ungeschminkt dessen Entlassung aus dem Dienst.

In einem zweiten Artikel mit der Überschrift
„DIE WEISSE FRAU IST GEFASST!"
berichtete er minutiös vom nächtlichen Polizeieinsatz. Er musste tatsächlich einen tüchtigen Informanten in der Inspektion haben.

Die Verletzung des Polizeidirektors wurde lediglich mit „Ein Polizist wurde von der Täterin niedergeschossen" umschrieben.

Sperber wunderte sich in Bezug auf die Berichterstattung über nichts mehr. Er beschloss, sich jetzt auch keine weiteren Gedanken mehr darüber zu machen.

Andere Nachrichten erforderten seine Aufmerksamkeit.

Kaum dass er in der Dienststelle eingetroffen war, hatte sich nämlich auch schon Oberstaatsanwalt Doktor Sauber per Telefon bei ihm gemeldet. Er unterrichtete ihn davon, dass der Untersuchungsrichter einen Haftbefehl gegen die Täterin ausgestellt hatte. Sauber sagte: „Ihr Name ist Anita Heidingsfelder, erst seit kurzem in Ansbach wohnhaft. Das bedeutete in der praktischen Umsetzung, dass sie noch an diesem Tag in die Krankenabteilung des örtlichen Gefängnisses überstellt wird. Ich will sie noch heute zusammen mit Ihnen und Ihren Kommissaren verhören."

Sperber stimmte zu und berichtete ihm seinerseits den Ablauf der nächtlichen Geschehnisse.

Nach diesem Gespräch rief er Dotzauers Frau an und erkundigte sich bei ihr nach dem Gesundheitszustand ihres Mannes. Melanie Dotzauer hatte an diesem Morgen bereits im Klinikum angerufen und erfahren, dass sich ihr Mann auf dem Weg der Besserung befand. Er war bei Bewusstsein, konnte sich aber nicht so recht an die Ereignisse des Vortages erinnern. Sperbers nächster Anruf galt dem Polizeipräsidium in Nürnberg. Sperber ließ sich dort mit dem Polizeipräsidenten verbinden. Der

Präsident übertrug ihm mit sofortiger Wirkung die Leitung der Dienststelle in Ansbach. Konstanze Grunwald sollte in der Ausfallzeit von Rudolf Dotzauer die Federführung im Fall der Weißen Frau übernehmen.

Die nächste Maßnahme Sperbers war die Verfassung eines Presseberichtes über die Verhaftung der Frau mit der Ankündigung, dass ein weiterer Bericht an die Medien am Nachmittag ausgegeben werden sollte.

Anschließend wies er Barbara Robertazzi, ihre Sekretärin, an, Vertreter aller am Fall Beteiligten zu der großen gemeinsamen Sitzung um elf Uhr zusammenzutrommeln.

Der Hauptkommissar fühlte sich an diesem Morgen wie durch den Fleischwolf gedreht. Er hatte zwei Nächte hintereinander nur wenig geschlafen und die Nervenanspannung der letzten Dienststunden hatte ihn auch seelisch erschöpft. Er bat Barbara, ihm einen starken Kaffee zu bringen. Telefonisch ließ er sich dann mit dem Gefängnis verbinden und kündigte an, dass er gegen siebzehn Uhr mit seinen beiden Kommissaren Anita Heidingsfelder verhören würde.

Um elf Uhr hatten sich alle im großen Konferenzraum versammelt.

Sperber beschrieb den Anwesenden den Verlauf der letzten Nacht und gab ihnen die letzte Information zum Gesundheitszustand von Polizeidirektor Dotzauer zur Kenntnis. Danach erklärte er die durch Dotzauers Ausfall entstandene neue Dienstordnung in der Inspektion.

Er betonte aber gleichzeitig, dass er weiterhin bei der Aufklärung des Falls der Weißen Frau mitwirken würde. Die Täterin Anita Heidingsfelder würde von jetzt an im Mittelpunkt der Ermittlungen stehen, das war den Anwesenden klar.

Nun würden auch erkennungsdienstliche Untersuchungen dafür sorgen, dass sich die Rolle dieser Frau vor Gericht einwandfrei darstellen ließ.

Sperber gab bekannt, dass gleich im Anschluss eine Mitteilung an die Presse gehen würde. Dann bat er Gottfried Arpogaus, den Chef des Erkennungsdienstes, über die bisherigen Erkenntnisse seiner Abteilung Auskunft zu geben. Arpogaus berichtete, dass Anita Heidingsfelder in der Bäckerei sehr viele DNA-trächtige Spuren hinterlassen hatte. Man sei im Labor gerade dabei, Abgleiche mit Spuren aus der Residenz vorzunehmen.

„Besonders die Kleidung, die Frau Heidingsfelder gestern trug, könnte uns Auskunft über die Täterschaft im Tötungsdelikt in der Residenz geben. Ich denke, in etwa einer Stunde kann ich euch schon erste Mitteilungen darüber machen", sagte er zu Wolfgang Sperber gewandt, „die Pistole der Täterin wird gerade einer ballistischen Untersuchung unterzogen. Auch darüber Näheres in etwa einer Stunde."

„Danke, Gottfried!" Sperber gab nach diesem Bericht Anweisung zur weiteren Bewachung der Bäckerei Brandenburg, bis die Taten aufgeklärt waren. Nun waren alle auf das Ergebnis des ersten Verhörs der seltsamen Frau gespannt, die in der Maske der Weißen Frau aufgetreten war.

Kurz nach siebzehn Uhr trafen Doktor Sauber, Sperber und seine beiden Kommissare im Gefängnis ein. Nachdem sie sich ausgewiesen hatten, wurden sie in die Krankenabteilung der Vollzugsanstalt geführt. Anita Heidingsfelder erwartete sie im Krankenbett liegend. Sie war in ein Einzelzimmer gebracht worden, so konnte sie in Ruhe verhört werden. Die Ermittler betraten den Raum und sahen die Frau vor sich, die sie die letzten Tage in Atem gehalten und in der vergangenen Nacht ihrer aller Leben in höchste Gefahr gebracht hatte. Sie war mit Verbänden versehen. Schläuche verbanden sie mit verschiedenen Apparaten.

Anita Heidingsfelder war eine Frau, die ihr Alter später mit zweiundfünfzig Jahren angab. Sie war hager. Ihr schmaler Kopf, von wirren Haaren umgeben, glich einem Totenschädel.

Ihre ungesund aussehende fahle Haut zeigte bereits viele tiefe Falten und wirkte so, als habe sie bisher ein Leben geführt, in dem Nikotin und Drogen eine wichtige Rolle gespielt hatten.

Die tief in ihren Höhlen liegenden stahlblauen Augen blickten sie mit stechendem Blick an. Obwohl die weiße Farbe inzwischen von ihrem Gesicht abgewaschen war, hatte sich doch noch eine dicke Schicht schwarzen Kajals in den Augenhöhlen gehalten und unterstrich die Eiseskälte, die von diesen Augen ausging.

Sperber meinte, noch nie einer so abstoßenden Frau begegnet zu sein. Mit innerem Schaudern gab er ihr die Hand und hatte dabei den unangenehmen Eindruck, ein Bündel Knochen zu halten. Er versuchte, seinen Abscheu so gut es ging zu unterdrücken, und stellte sich und seine Kollegen vor. Konstanze und Karlo hielten Abstand und nickten nur zur Begrüßung.

Oberstaatsanwalt Doktor Sauber wies die Frau auf ihre Rechte hin und erklärte, dass das Gespräch aufgenommen würde. Konstanze schaltete das mitgebrachte Aufnahmegerät ein.

Die Frau nannte auf eine Aufforderung hin ihre persönlichen Daten.

Auf die Frage, ob sie einen Anwalt zu dem Gespräch rufen sollten, schüttelte die Frau den Kopf und sagte: „Nein, ich werde gestehen, was ich getan habe. Es ist mir auch wichtig, dass die Öffentlichkeit alles erfährt, was geschehen ist. Dann wird man Verständnis für mich haben. Ich wollte das von den Zollern begangene Unrecht sühnen. Leider habe ich mein Ziel nicht erreicht. Ich wollte den Letzten dieser Brut hier in Ansbach und seiner ganzen Familie das Leben verderben. Eines Tages hätte ich sie alle getötet, damit wären meine Vorfahren endlich zu ihrem Recht gekommen."

Sperber unterbrach ihren Redestrom: „Sagen Sie uns zunächst, was Sie im Rahmen Ihres Rachefeldzuges bisher getan haben."

Anita Heidingsfelder ließ sich nicht lange bitten, sie legte sofort los: „Ich habe mich in der früheren Markgrafenresidenz als ‚Weiße Frau', das berühmte Gespenst der Hohenzollern, gezeigt. Das geschah, um auf mich aufmerksam zu machen. Zunächst habe ich im Schloss für einen Stromausfall gesorgt und mich dann dem Angestellten gezeigt. Ich dachte, das würde genügen, um über die Medien das Bewusstsein der Menschen dieser Stadt für meine folgenden Taten zu wecken. Ich habe nicht damit gerechnet, dass mich jemand dabei angreifen würde. Den Angestellten habe ich in Notwehr erschlagen. Ich wollte das nicht, aber er hat mich in die Enge getrieben und ist auf mich losgegangen. Zufällig fand ich dieses Stuhlbein in einer Nische und konnte ihn damit für mich unschädlich machen, als er sich unvorsichtigerweise kurz von mir abwandte. Ich wollte das nicht, aber es kam eben so. Ich bereue es auch nicht, weil es in Notwehr geschah."

„Wie konnten Sie den Durchsuchungen entkommen?"

„Ich hatte Gelegenheit, mich vor meinem Auftritt gut in den Räumen umzusehen, weil an diesem Tag nur ganz wenige Menschen darin unterwegs waren. Es gibt ein großes Schürloch, das in ganz ungewöhnlicher Weise von innen zu verschließen ist. Es ist so hoch, dass man darin sogar stehen kann. Dort drinnen habe ich mich versteckt bis zum nächsten Tag. Die batteriebetriebene Lampe, mit der ich mich ‚illuminiert' hatte, konnte ich auch leicht unterbringen. Noch in der Nacht habe ich mich umgezogen und mich tags darauf einfach der ersten größeren Führung angeschlossen. Es war recht einfach. Das Versteck war ganz sauber. Ich musste meine Sachen also nicht einmal reinigen. Das Schwierigste war eigentlich, mein Gesicht zu säubern und mein weißes Gewand und die Leuchte so in meinem Mantel zu verbergen, dass es niemandem auffiel, aber auch das ist mir gelungen."

„Was haben Sie als Nächstes getan?"

„Ich habe mich mithilfe eines Dietrichs ins Haus des Bäckers geschlichen und die Hausgehilfin die Treppe hinabgestoßen. Das sollte der erste Schlag gegen die Familie werden. Mit dieser Tat wollte ich bekannt geben, dass ich von nun an in diesem Haus anwesend war. Ich gestehe auch, dass ich den Backofen in der Bäckerei außer Gefecht gesetzt habe. Es war mir natürlich sehr recht, dass mich andere unwissentlich in meinem Tun unterstützt haben und zum Beispiel den Unfall der Bäckerstochter herbeiführten. Auch dieser Raubüberfall passte voll in mein Konzept. Ich wollte diesen verdammten Zollern daraufhin die Hölle heiß machen, indem ich konsequent ihre Nachtruhe störte. Daneben hatte ich mir für die nächsten Tage noch manche Variationen ausgedacht, ein kleines Feuer zum Beispiel. Es hätte auch größer ausfallen können. Ich hatte auch die Idee, ihre Backwaren mit Gift zu versetzen. Damit wäre ihr Geschäft sicher ein für allemal erledigt gewesen."

„Krankheit oder sogar Tod Außenstehender hätten Sie dabei in Kauf genommen?"

Die Frau grinste hämisch: „Wie sagt man? Wo man hobelt, fallen Späne. Kein Problem!"

„Haben Sie auch den katholischen Priester angegriffen?"

„Davon habe ich in der Zeitung gelesen. Das war ich aber nicht. Vielleicht jemand von den Zollern oder vom Personal."

„Diese Tat streiten Sie also ab?"

„Ja, habe ich doch gesagt! Das war ich nicht. Das war doch auch nur Pipifax!"

„Erzählen Sie bitte weiter."

„Weiter bin ich eben nicht gekommen. Sie haben mich daran gehindert, endlich Recht vor Gnade ergehen zu lassen. Also ganz nach der Art der Zollern. Auge um Auge, Zahn um Zahn. Die sind mit Menschen damals auch so umgegangen, wie es ihnen gerade gefallen hat. Nun sollte es einen von ihnen genauso treffen."

„Sie sprechen da von Ereignissen in der Vergangenheit?"

„Ja! Und Sie wollen sicher wissen, was der Grund dafür war, dass ich für diese Bande einen solchen Aufwand betrieben habe?"

„Ihr Motiv ist für uns wichtig, das stimmt."

„Gut, dann erzähle ich Ihnen jetzt eine Geschichte, eine alte Geschichte, besser noch einen alten Kriminalfall, tatsächlich geschehen vor – was weiß ich – so vor dreihundert Jahren vielleicht. Damals regierte in Ansbach der Markgraf Karl Wilhelm Friedrich, den man später zu recht den ‚Wilden Markgrafen' genannt hat. Er war zwar verheiratet mit Friederike Luise, der Schwester des Alten Fritz, lebte aber in Bigamie. Oder ganz vornehm ausgedrückt: Er lebte eine zweite Ehe ‚zur linken Hand'."

Anita Heidingsfelder lachte schrill auf. „Das konnte er sich natürlich erlauben, der feine Herr. Er war ja in seinem Reich der oberste Richter, der oberste Kirchenherr. Er war immer und überall der Oberste und konnte einfach anstellen, was er wollte. Dem konnte hier keiner etwas. Elisabeth Wünsch aus Leidendorf war seine Auserwählte. Er hat sie geheiratet und mit ihr die Linie derer von Falkenhausen gegründet. Für sich und seine Liebste ließ er sich ein Waldschlösschen im Georgenthal bauen. In diesem warmen Nest trafen sie sich dann immer. Nach Ansbach konnte er sie schlecht bringen, das hätte dann doch zu viel Aufsehen gebracht. Eine meiner Vorfahrinnen, Katharina Ziegler hieß sie, war im Schloss Georgenthal bei der Gnädigen angestellt. Das war eine mutige Frau, die auch vor ihrer Herrin kein Blatt vor den Mund nahm. Sie sagte es ihr gerade heraus ins Gesicht, wenn ihr was missfiel und wozu sie auch fernerhin nicht mehr bereit sein würde. Angeblich hat sie durch ihre Aufmüpfigkeit auch zwei weitere Mägde aufgehetzt. Also, diese wackere Frau sagte der Madame, es wäre ihr genug, wenn der Herr, also der Markgraf, zwei- oder dreimal in der Woche nach Georgenthal komme. Dass sie dann noch mitten in der Nacht Feuer in den Herd legen und Gesottenes und Gebratenes zubereiten müsse, das wolle sie noch hinnehmen. Aber dann zur Sommerszeit, wie erst jüngst etliche Male geschehen, sich erst noch nachts an den Schlossgraben stellen zu müssen, um beim ersten Quaken eines Frosches mit der langen Rute ins Wasser zu schlagen, damit die hohen Herrschaften in Ruhe ohne Froschquaken einschlafen könnten, das sei denn doch zu viel. Dazu sei sie nicht mehr bereit, weil auch in der Nachtzeit in Georgenthal so viele Viecher sind, die einen stechen und plagen wie ansonsten nirgends. Diese Beschwerde von einem ihrer ‚Menscher', das war die damalige Bezeichnung für Dienstboten, vielleicht noch laut und mit fuchtelnden Armbewegungen vorgetragen, war der Madame Elisabeth genug, des Zieglers Kathrein aus dem Dienst davonzujagen. Es ist überliefert, dass meine imposante Vorfahrin, als sie über die Brücke vom Schloss wegging, sich noch einmal umdrehte und eine Faust gegen die Schlafzimmerfenster der Madame machte und sagte: ‚Warte, warte, ich komme wieder!' Und sie ist wieder gekommen und hat sich an ihrer früheren Brotgeberin gerächt. Die beiden anderen Mägde erklärten sich damals bereit, künftig für die Nachtruhe ihrer Herrschaft durch Fröschepatschen Sorge tragen zu wollen."

„Wie hat sich Ihre Verwandte gerächt?", wollte Sperber wissen.

„Ha, ha! Ich bin stolz auf sie! Sie hat sich in das Schloss begeben und hat den Schmuck und die Juwelen mitgehen lassen. Später sagte sie aus, sie sei nachts um zwölf Uhr in das Schloss Georgenthal geschlichen. Dann habe sie sich unbemerkt von dem wachhabenden Husaren sofort in das Zimmer, worinnen die Madame geschlafen, eingeschlichen, allda bis morgens früh um vier Uhr still gesessen. Dann habe sie das Kästchen genommen und sei damit fort den geraden Weg nach Hennenbach zugegangen. Ihrer Schwester, der Heidingsfelderin, habe sie es gesagt. Sie hätte das Kästchen aus lauter Gift und Zorn davongetragen. Hernach wäre solches aufgesprenget, die Sachen herausgenommen und vergraben, das Kästlein aber samt deren Briefschaften inklusive Wechselbriefe verbrannt worden. Der wutschäumende Carl Wilhelm Friedrich befahl den beiden Rittmeistern Wolf Ehrenfried von Reitzenstein und Anton von Haidenaab, eine Justiz- und Kriminalzentrale einzurichten. Er kündigte die Todesstrafe für den der Tat überführten Dieb an. In der Zwischenzeit hatte die Madame auch die beiden anderen Mägde entlassen. Man verhaftete sie und sperrte sie ein. Auch einer der Väter der Mädchen wurde eingesperrt. Dann fiel der Verdacht auf Katharina Ziegler. Noch in der Nacht ließ der Markgraf das Haus ihres Schwagers, des Porzellanhändlers Heidingsfelder in Hennenbach, von seinen Husaren umstellen und durchsuchen. Heidingsfelder gelang die Flucht. Die Schwester der Katharina wurde verhaftet und nach Gunzenhausen gebracht. Erste Verhöre förderten aber nichts zutage. Erst als der Markgraf überall verkünden ließ, dass man sofort Anzeige zu erstatten habe, wenn eines der Schmuckstücke auftauchen würde, meldete sich der Jude Mathele aus Ansbach und sagte aus, dass ein kostbarer Ring bei einem hiesigen Juden für einhundert Taler feilgeboten worden war. Die Heidingsfelderin habe den Ring angeboten, sagte er. Die Frau wurde nun in ein schärferes Verhör genommen und bekannte schließlich, was sie und ihre Schwester getan hatten. Der Markgraf hatte, wie gesagt, schon in seiner ersten Wut gesagt, er würde den Dieb mit dem Tode bestrafen lassen. Jedoch gelang es dem Justizrat, den Markgrafen und das Justizkollegium dahin zu bringen, dass von einer Todesstrafe abgesehen wurde. Das in Triesdorf abgefasste Urteil in der Diebstahlsache lautete, dass

1. die Catharina Zieglerin in das allhiesige Zuchthaus auf ewig gestoßen und vorhero einer Züchtigung mit nachdrücklichen Karbatschenstreichen empfangen.

2. die Anna Magdalena Heidingsfelderin aber statt der in Vorschlag gebrachten sowohlen öffentlichen als Zuchthaus Strafe nach abgeschworener Urfehd des Landes auf ewig verwiesen.

Dann 3. die Christina Dorothea Heidingsfelderin, eine Tochter des flüchtigen Porzellanhändlers aus erster Ehe, fünfzehn Jahre alt, des Arrestes entlassen.

4. die Unkosten der Zieglerin und Anna Magdalena Heidingsfelderin je zur Hälfte auferladen werden sollen."

Mit den Worten „Alle anderen Eingesperrten wurden entlassen" beendete Anita Heidingsfelder ihre Erzählung.

„Sehen Sie, mit dieser Geschichte unserer Familie habe ich fast ein Leben lang gelebt." Plötzlich füllten sich ihre Augen mit Tränen. In schwarzen Schlieren lief die Farbe des Kajalstiftes über ihre Wangen. Konstanze reichte ihr ein Papiertaschentuch, mit dem sich die Frau das Gesicht abwischte. Dann schnäuzte sie sich hinein und fuhr mit fester Stimme fort: „Schon als Kind habe ich mir gedacht, man müsste sich an dem Tyrannen rächen. Als ich erwachsen wurde, war ich zunächst mit anderen Dingen beschäftigt und dachte nur noch ab und zu an die Ungerechtigkeiten, die meinen Vorfahren von den Hohenzollern zugefügt worden waren. Erst jetzt, im fortgeschrittenen Alter, plagte mich täglich der Gedanke an eine Sühne. Der Druck, irgendetwas gegen die Nachfahren des Wilden Markgrafen zu unternehmen, wurde immer stärker in mir. Ich beschloss, Nachforschungen anzustellen, ob noch jemand aus dieser Familie in Ansbach lebt. So bin ich schließlich auf diesen Albrecht Brandenburg gestoßen. Ich brach mein Dasein in dem Exil ab, in das der grausame Fürst meine Familie verbannt hatte, und zog hierher. Nach reiflicher Überlegung begann ich meinen Feldzug. Jeder kleine Sieg erfüllte mich mit großer Befriedigung. Ich bereue nur, dass es mir nicht gelungen ist, den Zollern und die Seinen auszuradieren."

Sauber fragte: „War Ihnen klar, dass Albrecht Brandenburg eigentlich der Markgrafenfamilie nicht mehr angehört, seit sein Vorfahre wegen der Heirat einer Bürgerlichen ausgestoßen wurde?"

„Das interessiert mich nicht. Das ist doch eine reine Formsache. Er hat ihr Blut in sich und dieses Blut muss fließen. Es wird rot sein wie unser bürgerliches Blut, nicht blau, wie sie es uns immer wieder weismachen wollen. Wir sind alle nur Menschen und niemand soll sich über die anderen erheben!"

Konstanze wandte ein: „Haben Sie sich nicht über andere erhoben, als Sie beschlossen, sich zur Richterin über die Familie zu machen? Sie wollten ein Todesurteil, das Sie selbst ohne Mitwirkung anderer beschlossen haben, vollstrecken. Der Markgraf war damals gnädiger als Sie."

Mit schmerzverzerrtem Gesicht richtete sich Anita

Heidingsfelder in ihrem Bett auf und fauchte zurück: „Was hat meine Vorfahrin denn so Schlimmes getan, dass man sie gleich umbringen wollte? Für Diebstahl lebenslang ins Zuchthaus, das ist ein grausames Urteil. Grausamer als ein schneller Tod! Und für Mithilfe lebenslange Verbannung aus der Heimat, auch das ist unmenschlich!"

Wolfgang Sperber schaltete sich ein: „Sie mögen recht haben oder nicht. Die Zeiten waren damals anders. Vieles, was damals geschehen ist, können wir heute nicht verstehen. Das ist aber auch nicht der Kern unserer Sache. Sie haben schwer gegen unsere heutigen Gesetze verstoßen. Wir müssen Sie deshalb zur Rechenschaft ziehen. Können Sie das verstehen?"

„Nein, ich weigere mich, das zu verstehen. Diese heutige Gesellschaft ist verweichlicht und will vergangenes Unrecht, vergangene Verbrechen am liebsten vergessen. Denken Sie nur daran, wie lange man die Aufklärung vieler Naziverbrechen vor sich hergeschoben hat. Ich vergesse nicht und ich verzeihe nicht. Irgendwann wird mir meine Rache gelingen!"

Innerlich schaudernd wollten die Ordnungshüter dieser Frau am liebsten schnell den Rücken kehren. Doktor Sauber verabschiedete sich mit kurzen Worten von ihr und wies sie darauf hin, dass sie ihr Geständnis noch unterschreiben müsse, wenn es gedruckt vorliegt. Mit einer wegwerfenden Geste antwortete die Heidingsfelder nur: „Ja, ja. Mach ich."

Als die vier Beamten das Krankenzimmer verließen, legte sie sich in ihr Kissen zurück und blickte starr zur Zimmerdecke.

„Diese Frau ist für mich jetzt schon ein Fall für die Sicherungsverwahrung!", betonte Doktor Sauber, als sie das Gefängnis verlassen hatten, „ich traue mich eine Wette einzugehen, dass sich jeder Gutachter meinem Urteil anschließen wird."

Sperber schloss sich bereits seinem Urteil an: „Ja, ich befürchte sehr, dass sie Albrecht Brandenburg und seiner Familie tatsächlich nach dem Leben trachten wird, sollte sie in ein paar Jahren ihre Haftstrafe verbüßt haben. Es genügt schließlich nicht, die Täter zu schützen, sondern auch ihre potenziellen Opfer. Die haben doch auch ihre Menschenrechte! Das kommt in der Diskussion um die Sicherheitsverwahrung meiner Ansicht nach oft nicht so deutlich heraus. Schade, denn so wachsen nur die Verunsicherung in der Bevölkerung und das Misstrauen gegen unsere Justiz. Man kann an dem Punkt die Fakten gar nicht offen genug auf den Tisch legen."

Die vier stapften durch den matschigen Schnee zu ihrem Auto und fröstelten dabei nicht nur wegen der ekelhaft feuchten Kälte.

Bei der Inspektion trennten sich ihre Wege. Karlo und Konstanze wollten die Ermittlungen weiterführen, während Sperber den Brandenburgs nochmals einen Besuch abstattete. Doktor Sauber hatte sich bereit erklärt, gleich eine Presseerklärung herauszugeben.

Unterm Gehen bewegten Sperber weitere Gedanken. Er überlegte, wie wichtig es war, dass jede Machtposition in der Gesellschaft einer demokratischen Kontrolle unterworfen wird. Kein Mensch ist davor gefeit, sich – aus welchem Grund auch immer – zum Diktator zu entwickeln. Wunderte man sich denn nicht ständig darüber, dass in der Hitlerzeit sonst anscheinend brave Bürger und Familienmenschen die größten Gräuel verübt hatten? „Wir Menschen sind gemischte Persönlichkeiten", überlegte er, „fähig zu selbstloser Liebe und gleichzeitig im Stande, grauenhafte Maßlosigkeit gegenüber anderen auszuüben. Darum sollte auch die Zeit, in der ein

Mensch an der Macht ist, eindeutig begrenzt sein. Vielleicht wäre es in einer kurzen Zeit nicht so leicht möglich, Positionen so weit auszubauen, dass man sie nicht mehr beseitigen konnte. Leider sind das nur meine Wunschgedanken. Die Wirklichkeit sieht anders aus", resümierte er ein wenig traurig, „jeder versucht, sich an die Macht zu klammen, so gut es geht, und andere klammern sich an die Mächtigen, um wenigstens ein bisschen etwas davon profitieren zu können."

Unter solchen Gedanken war er beim brandenburgischen Haus angekommen.

Er läutete an der Tür. Eine Hausgehilfin öffnete ihm mit ängstlichen Augen. „Keine Angst, das bin nur ich. Aber ich wundere mich schon, dass Sie öffnen. Eigentlich sollte das doch der wachhabende Polizist machen."

Die Wangen des Mädchens röteten sich ein wenig: „Ich habe dem Herrn Wachtmeister Klaus Wenninger gerade ein warmes Essen auf den Tisch gestellt und ihm gesagt, er soll doch essen, bevor es kalt wird."

„So, so, der gute Klaus isst in Ruhe, anstatt seinen Dienst zu tun. Das gefällt mir leider überhaupt nicht." Sperber war ärgerlich und ging durch den hell erleuchteten Flur, dessen Wände von den Einschlägen der Geschosse ziemlich beschädigt waren, in den Aufenthaltsraum. Dort angekommen, sagte er zu dem Speisenden: „Sie hören sofort mit dem Essen auf. Dazu sind Sie hier nicht eingeteilt. Sie gehen auf dem schnellsten Weg zur Inspektion und melden sich bei Ihrem Vorgesetzten. Er soll jemand anderen hierher schicken, der sich der Verantwortung bewusster ist als Sie. Das letzte Wort zu Ihrer Nachlässigkeit ist auch von meiner Seite noch nicht gesprochen."

Wenninger war sehr blass geworden, salutierte und sagte: „Ich bitte Sie um Entschuldigung. Ich habe Mist gebaut."

„Gut, dass Sie das einsehen, aber jetzt gehen Sie."

Der junge Wachtmeister ging geknickt hinaus. Nicht lange danach kam Albrecht Brandenburg herein. Sperber informierte ihn über die Inhaftierung von Anita Heidingsfelder im Untersuchungsgefängnis. „Gott sei Dank, da wird sie hoffentlich so schnell nicht mehr herauskommen. Ich habe wirklich schon darüber nachgedacht, hier in Ansbach alle Segel zu streichen und mit meiner Familie weit weg zu ziehen."

„Ich fürchte, dass hätte euch nichts genutzt", sagte Sperber, „diese Weiße-Frau-Kopie hätte euch bestimmt wieder aufgespürt, dann hätte alles wieder von vorne begonnen. Ich traue es dieser Frau zu."

Brandenburg nickte bedrückt, dann hellte sich sein Gesicht auf: „Es gibt noch weitere gute Neuigkeiten. Luisa und Florian sind wieder hier im Haus. Beiden geht es gut. Luisa hat sich auch von ihrem Schock ganz gut erholt. Sie macht ihre Übungen und tut alles, um wieder fit zu werden. Florian ist froh, sich wieder mehr der praktischen Arbeit widmen zu können, anstatt sich mit den Theorien dieses Meisterkurses zu plagen. Vielleicht kommen wir ja wieder zu unserem guten, geregelten Leben zurück, aber vergessen können wir das Gewesene bestimmt unser Leben lang nicht mehr. Ich bin selbst noch ganz tief verunsichert und Paulas Nerven flattern immer noch so, dass ich wirklich Angst um sie habe. Heute war übrigens Pfarrer von Weinheim bei uns und hat eine schöne Andacht gehalten. Das hat uns allen sehr gut getan. Er hat auch keine Ohrfeige von einem Gespenst bekommen, das könnte bedeuten, dass böse Geister unser Haus gerade meiden." Brandenburg lächelte.

„Ich wünsche es euch von ganzem Herzen!"

„Wie geht es denn eurem Chef Rudolf Dotzauer?"

„So weit ganz gut. Der letzten Meldung über seinen Gesundheitszustand nach erinnert er sich nicht an die gestrige Nacht. Das ist sicher ganz recht so. Bevor ihm sein unterhaltsamer Auftritt in der Orangerie wieder in den Sinn kommt, sollte er etwas kräftiger sein, meine ich."

Beide Männer grinsten einvernehmlich.

„So, ich gehe nun wieder", kündigte Wolfgang Sperber an, „ich möchte mich heute Abend noch meiner Krippe widmen. Dabei hoffe ich, das Berufliche ein wenig hinter mir zu lassen."

„Schön! Lädst du uns mal zum Krippenschauen ein?"

„Sobald sie steht, das verspreche ich, und dann werden wir einen ganz besonderen Adventsabend bei uns miteinander erleben. Darauf freue ich mich jetzt schon!" Sperber verabschiedete sich von seinem Freund mit Grüßen an dessen Familie und machte sich durch die weihnachtlich illuminierte Innenstadt auf seinen Heimweg.

Luisa Brandenburg war wieder zu Hause angekommen. Nach der Zeit in der Klinik fühlte sie sich bei ihren Eltern wohl und geborgen. Diese hatten alles nur Denkbare getan, damit es ihr gut ging. Sie hatte Geschenke von ihnen bekommen und war mit ihrem Lieblingsessen verwöhnt worden. Nachdem die Polizei die Täter gefasst hatte, die ihr nach dem Leben trachteten, und das große Spektakel mit der Weißen Frau in ihrem Elternhaus ohne sie über die Bühne gegangen war, schien bei den Brandenburgs endlich wieder die Normalität einzukehren. Einige Tage wollte sich Luisa hier noch gönnen, um sich zu erholen, dann aber würde sie ihr Theologiestudium in Neuendettelsau wieder aufnehmen.

An diesem Abend war die ganze Familie beieinander gesessen. Die Atmosphäre war richtig heimelig gewesen. Auf ihrem schon adventlich geschmückten Tisch brannten Kerzen. Um sie herum war es im Zimmer dunkel. Leise erklang im Hintergrund vorweihnachtliche Musik.

Zunächst hatten sie köstliche Bratäpfel verspeist. Nun saß jeder vor seinem jeweiligen Getränk.

Es gab so viel zu besprechen. Die Eltern hatten ihr und Florian ganz genau geschildert, was sich bei ihnen abgespielt hatte. Die beiden jungen Leute waren erschüttert von den Berichten. Sie bangten im Nachhinein noch um das Leben von Albrecht und Paula Brandenburg.

Die Erleichterung, dass alles gut ausgegangen war, hatte sie alle entspannt. Nach den Berichten der Eltern waren die beiden Kinder des Ehepaares an der Reihe gewesen und hatten von ihren Erlebnissen in den letzten Tagen erzählt. Die vier fühlten sich an diesem Abend wieder einmal so richtig als Familie. Sie spürten, dass alle Ereignisse sie noch näher zusammenrücken ließen. Das Bewusstsein, aufeinander angewiesen zu sein, und die Empfindung der Liebe zueinander war für sie eine stille, aber auch starke Kraftquelle nach der stressigen Zeit.

Später am Abend hatte sich Luisa zufrieden in ihr Bett gelegt und war mit guten Gedanken und Empfindungen schnell eingeschlafen.

Mitten in der Nacht erwachte sie plötzlich. Ein ungewohntes Geräusch hatte sie geweckt. In ihrem Zimmer war es nicht dunkel, denn ein starker Lichtschein drang vom Flur aus durch die Türritzen.

Luisa war sofort neugierig aufgestanden, zog sich ihren warmen Bademantel über und öffnete die Zimmertüre. Auf dem Gang fand sie sich in einem starken, aber auch seltsam warmen Licht. Erstaunt blickte sie sich um, dabei erkannte sie, dass der Schein von einer Frauengestalt ausging, die sie vor sich mitten auf dem Flur stehen sah. Die Frau war jung, vielleicht in ihrem Alter. Luisa wurde auf ihr langes, blondes Haar aufmerksam, das locker auf ihr schneeweißes Gewand fiel. Die junge

Frau hatte schöne, gleichmäßige Züge. Sie lächelte Luisa freundlich an. Von der Erscheinung ging etwas sehr Positives aus, deshalb empfand die Tochter des Bäckers keinerlei Furcht vor ihr. Sie fühlte sich vielmehr wie in einem Traum. Ihre Neugierde war geweckt. Was wollte dieses Zauberwesen von ihr?

Mit einer federleichten Handbewegung wurde Luisa aufgefordert, der Frau zu folgen. Sie schritt wie in Trance hinter ihr her. Die in Weiß gehüllte Frau ging vor ihr den Gang entlang zur Treppe, die zum weitläufigen Dachboden hinaufführte.

Oben angekommen, öffnete sich die Bodentür wie von selbst. Das Wesen schritt zu einem abgelegenen Teil des Speichers. Es ging vor ihr so leichtfüßig dahin, als würde es über dem Boden schweben. Luisa schaute sich um. Sie erblickte unzählige übereinander gestapelte Kisten und Kästen. Wahrscheinlich wusste niemand mehr, was hier im Laufe der Zeit alles gelagert worden war. Über sich sah Luisa die alten Dachbalken, die sich kunstvoll ineinanderfügten. Dort, wo der Boden eine Ecke hatte, in die sonst kaum ein Lichtstrahl fiel, blieb die Frau stehen und zeigte mit der Hand direkt in die Nische hinein. Luisa trat näher und erblickte ein verrostetes Stück Metall. Sie konnte sich im Moment nicht denken, was das war.

Während sie noch darüber nachdachte, wurde es auf dem Dachboden mit einem Mal taghell. Jemand hatte die elektrische Beleuchtung eingeschaltet. Hinter sich hörte Luisa schnelle Schritte, die in ihre Richtung eilten. Die Frau war plötzlich nicht mehr da. Verwirrt blickte Luisa sich nach ihr um. Hatte sie ein Gespenst gesehen? Dafür lief ein Polizist in Uniform auf sie zu. Mit tiefer männlicher Stimme rief er sie an: „Was machen Sie denn mitten in der Nacht auf dem Dachboden? Was ist denn los? Sie werden sich erkälten!“

Luisa wusste erst nicht, was sie sagen sollte. Dann antwortete sie beherzt: „Ich habe einen Geist gesehen. Da war eine junge Frau, die mich hierher geführt hat. Sie hat auf dieses Eisending hier gedeutet. Ich weiß nicht, was das ist."

Der Beamte wusste allerdings sofort, was das war. Er erschrak zutiefst, als er es erkannt hatte. In der Ecke steckte, eingeklemmt zwischen Balken, eine Fliegerbombe. Ein Blindgänger aus dem Zweiten Weltkrieg vermutlich. Der Zünder war völlig verrostet. Dem Polizisten lief es kalt über den Rücken: „Das Ding kann jeden Moment hochgehen!", fuhr es ihm durch den Sinn.

„Das ist eine Bombe!", keuchte er entsetzt. Dann nahm er Luisa beim Arm, „wir müssen schnell hier weg, aber bitte treten Sie ganz vorsichtig auf, damit es keine Erschütterung gibt. Ich habe Angst, dass die Bombe explodieren könnte."

Vorsichtig führte er die junge Frau zur Treppe zurück. Weiter unten im Flur holte er sein Handy heraus und telefonierte mit seiner Dienststelle. Er unterrichtete den Kollegen am anderen Ende von dem Fund und setzte damit eine große Maschinerie in Gang. Zu Luisa sagte er dann: „Ziehen Sie sich ganz schnell warm an. Wir müssen alle wecken. Das Haus muss sofort geräumt werden. Auch die anderen Menschen in den umliegenden Häusern der Innenstadt müssen evakuiert werden. Das ist eine sehr brenzlige Situation."

Luisa rannte in ihr Zimmer, zog sich warme Kleidung über und half dem Polizisten, die anderen Hausbewohner so schnell es ihnen möglich war zu wecken. Das ging natürlich nicht ohne ungläubige Fragen, Murren und Schimpfen ab. Alle zogen sich dann doch verwirrt und verschlafen warme Sachen an und eilten zur Haustüre. Draußen empfing sie eine feuchtkalte Nacht. Bibbernd und aufgeregt stand das Häufchen Menschen zunächst erregt fragend und diskutierend auf dem Gehsteig vor dem Haus. Dann wurden sie von Beamten zu einer außerhalb der Gefahrenzone liegenden Schule geführt, die man auf die Schnelle geöffnet hatte, um die aus ihren Wohnungen Geholten dort sicher unterzubringen.

Von allen Seiten blitzten nun die Blaulichter der Polizei und der Rettungswagen auf der Straße. Man hatte alle Kräfte, die in der Nacht aufzutreiben waren, hinzitiert, um eine große Evakuierungsaktion einzuleiten. Das Stadtgebiet, in dem die Bombe gefunden worden war, wurde weiträumig abgeriegelt. Die Feuerwehr ging in einem Sicherheitsabstand in Position, um im Falle einer Explosion sofort mit Löscharbeiten zu beginnen.

Anschließend folgte eine längere Wartezeit, denn das angeforderte Sprengkommando musste erst von Nürnberg her anfahren. Als die Fachleute endlich angekommen waren, begannen sie in aller Vorsicht mit ihrer Arbeit.

Wolfgang Sperber hatte darum gebeten, gerufen zu werden, falls es wieder zu einem Einsatz in der brandenburgischen Bäckerei kommen sollte.

Es blieb ihm jedoch auch nichts anderes übrig, als mit den anderen Einsatzkräften in weiterer Entfernung von dem Haus auf das Ergebnis der Entschärfung des Sprengkörpers zu warten. Weil er nicht einfach auf der Straße herumstehen wollte, ging er zu der Schule, in der die Evakuierten untergebracht waren. Nach einigem Herumschauen fand er schließlich die Familie Brandenburg in einem der Klassenzimmer. Alle saßen mit verschlafenen Gesichtern da. Luisa hatte ihnen von ihrer Begegnung mit der Weißen Frau erzählt, jetzt versuchte jeder von ihnen, das Gehörte für sich zu verdauen.

Wolfgang Sperber traf sie gerade in einer Phase an, in der jeder mit sich und seinen Gedanken beschäftigt schien. Er begrüßte sie, dann erzählte ihm Luisa ihre Geschichte. Als sie geendet hatte, sagte er verwundert: „Von der Weißen Frau habe ich bisher nur gehört, sie sei grausam, hässlich und überhaupt Furcht erregend. Du sagst von deiner Erscheinung genau das Gegenteil. Ich will dich deshalb fragen: Hast du diese Frau denn tatsächlich gesehen? Könnte es denn nicht sein, dass du vielleicht nur von ihr geträumt hast und im Traum die Treppe zum Dachboden hinaufgestiegen bist?"

„Wenn ich es dir sage, Wolfgang, ich habe sie so wirklich vor mir gesehen wie dich jetzt."

„Du weißt, dass einem das Unterbewusstsein manchen Streich spielen kann. Könntest du die Bombe vielleicht schon als Kind gesehen haben, als ihr auf dem Dachboden gespielt habt?"

„Als Kind hatte ich eine Riesenangst davor, da hinaufzugehen. Florian ging es damals genauso. Unsere Eltern haben uns auch immer davor gewarnt, weil dort irgendwelche Dinge herumliegen konnten, die für uns gefährlich waren. Ich kann mich nicht entsinnen, jemals dort oben gewesen zu sein."

Nachdenklich geworden, verzichtete Wolfgang Sperber auf weitere Fragen. Er drückte vielmehr seine Freude darüber aus, dass der Familie nichts geschehen war, obwohl sie jahrzehntelang mit einer scharfen Bombe unter einem Dach gelebt hatten.

„Ich denke, das ist ein schöner Grund zum Feiern! Ich lade euch alle am nächsten Wochenende in unser Haus ein. Wir wollen feiern, dass wir alles, was geschehen ist, so gut überstanden haben."

So geschah es auch. Die Familie Brandenburg und Sperbers ganze Familie trafen sich am darauf folgenden Samstag zu einer festlichen Adventsfeier.

Eingeladen waren auch Sperbers beide Kollegen

Konstanze und Karlo, Pfarrer von Weinheim und seine Freundin Maria Sebald. Doktor Sauber zählte zu den Gästen und auch der gemütliche Pfarrer Escherich.

Auf Pater Ephrahim Müller aber hatte man bewusst verzichtet. Man wollte es nämlich nicht noch einmal auf eine unangenehme Konfrontation zwischen ihm und der Weißen Frau ankommen lassen.

Nachwort

Diese Geschichte ist frei erfunden. Jede Ähnlichkeit, die meine Leserinnen und Leser vielleicht zur Realität entdecken, geht auf mein Bemühen zurück, eine authentisch wirkende Geschichte zu gestalten, und ist nicht als persönliche Anspielung zu sehen. Viele Zusammenhänge zwischen real existierenden Personen und Dingen gibt es nur in der Geschichte.

Bei der Beschreibung von tatsächlich existierenden Orten habe ich mir dichterische Freiheiten erlaubt, wo es mir nötig erschien. Alle Abweichungen von der Wirklichkeit oder Fehler beruhen allein auf meinem Willen oder Unwissen.

Herzlich bedanken möchte ich mich bei Reinhard Baran für die freundliche Beratung und kritische Begleitung beim Entstehen dieses Buches. Herrn Hauptkommissar Falk ein Dankeschön für die Erläuterungen polizeilicher Belange. Kathrin Erben hat mich in schulischen Fragen beraten. Vielen Dank!

Ich bedanke mich auch sehr bei meinem Kollegen, Herrn Hermann Kaussler, der mir in großzügiger Weise erlaubte, einige Sätze aus dem 8. Kapitel seines Buches „Der Wilde Markgraf" zu zitieren. Vielen Dank auch Herrn Eugen Schöler, der mich mit wissenschaftlichen Schriften zum Thema „Weiße Frau" versorgt hat. Der Verleger des Fahner Verlages, Lambert Herrmann, und der Verlagslektor, Herr Hartmut Wörnlein, haben mich wieder sehr kreativ bei meiner Arbeit unterstützt. Ebenso Herr Storch und seine Frau von Storch Design in Lauf, die für die Gestaltung des Buches gesorgt haben. Herzlichen Dank meiner Frau, die mein Schreiben wieder geduldig begleitete.

Noch im Fahner-Verlag von Heinrich Veh erschienen:

Drei Stufen ins Verderben

€ 12,80
ISBN 978-3-942251-08-2

Der Tod ist der Sünde Sold

€ 12,80
ISBN 978-3-942251-11-2

Wenn dem Morgen graut

€ 12,80
ISBN 978-3-942251-15-0